カノジョに浮気されていた俺が、
小悪魔な後輩に
懐かれています
My coquettish junior attaches herself to me!
8
JN110223

Situation 1
ミスコン、準備中!
「ほんとに好きな人がいれば関係なくない?悠太ってどっちが好きなの?」
月見里那月
羽瀬川悠太

志乃原真由（しのはらまゆ）
美濃彩華（みのあやか）
PORARI
SWAT

Situation 2
ランウェイは誰のもの？

Situation 3
これまでのこと、これからのこと。

学祭で一番楽しみにしているものは何か質問してみた

♥礼奈と那月の場合……

「礼奈って学祭で何が一番楽しみ？」

「うーん……ミスコン観るのが楽しみかな？」

「え、意外。あんまり興味ないのかと」

「今年のミスコンは特別になるかもしれないし」

「確かに……真由が出るとなればそうなるか」

「うん。まだ行くかは決めてないけどね」

♥真由の場合……

「真由って学祭で何が一番楽しみ？」

「私はミスコンに出るのが楽しみですね！」

「真由は出場者だもんな。相変わらずの強心臓」

「えへへー。先輩に私の晴れ姿を見てもらうんですからね」

「なんか結婚式前のセリフみたいだぞ」

「似たような日になるかもしれないじゃないですか！」

「すごいこと言われた気がする……」

♥彩華の場合……

「彩華って学祭で何が一番楽しみ？」

「んー……私は皆んなが楽しんでくれるならそれで満足かしら」

「本当は？」

「……なに？」

「いや、本音も混じってるだろうけどそれだけじゃないだろうなって」

「まあ、私にだって言いたくないこともあるのよ」

「確かに屋台の売り物を爆食いするのが一番楽しみとか言いづらいもんな」

「分かってるなら合わせなさいよ！」

カノジョに浮気されていた俺が、小悪魔な後輩に懐かれています8

御宮ゆう

角川スニーカー文庫

23709

My coquettish junior attaches herself to me!

design work:中村晋弥(LUCK'A Inc.)　illustration:えーる

第1話　秋の夜長

——ベッドが軋む。

秋の夜長は外に深い闇を作り出し、電気の消えた部屋には月明かりが朧げに差し込んでいる。

暗い。

それでも頭上にいる人物が次に何をしようとしているのか、視認するには充分だった。

美濃彩華は、口から微かに吐息を漏らす。

思考が脳裏に駆け巡る。

同級生。

友達。

親友。

そして——

「……動かないで」

彩華が囁いたかと思った途端、情欲を煽るような刺激が襲う。
脳内にピリピリとした電流が走る感覚。

再度、押し当てるようなキスで口元を塞がれる。

礼奈との海での別れ。
志乃原との商店街でのライトキス。
それら全ての記憶が刹那で消え去り、今この瞬間にしか意識を向けられない。
それくらい、長いキスだった。
キスを終えると彩華の顔が耳元に移動し、全身に彼女の体重が掛けられる。
人の身体。
彩華の身体。
これほど身近に感じたことはない。
当たり前。
当たり前だ。
元々彩華とはキスはおろか、まともに抱擁したこともない。
だけどこの感覚は、抱擁でも得られない。
〝貴方に全てを預けられる〟と、相手が思わなければあり得ない感覚だ。

キスを終えてから数秒、思考の一部が回復する。

彩華の髪越しに、時計の位置に視線を投げる。

この暗闇の中では数メートル先も見えなかったが、記憶違いでなければ先程時計の針は天の位置で重なっていた。

──午前零時。

それは真由と彩華の〝どちらが距離を縮められるか〟という勝負の効力が切れた瞬間だった。

きっと彩華は決めていたのだ。

二人の勝負が終わった瞬間、俺の家に訪れることを。

キスをすることを。

俺に告白することを。

「どこ見てんのよ」

言葉に反応する前に頰に手を添えられて、体が触れ合う。

彩華の薄着と俺の部屋着が擦れ合い、鎖骨付近に熱い感覚。

彩華の服がはだけて、肌と肌が接着しているのだ。

突然のキスは、俺の思考を鈍らせた。

二人の間にある垣根が限りなく薄くなっていくのが分かる。

心の垣根。物理的な衣類の垣根。

火照る身体を包む衣類が、やたらと邪魔に感じてしまう。

「触っとく？」

「なっ……⁉」

俺が仰天すると、彩華はすぐに言葉を返した。

「なに。あんた、言われなくても何度か触ったことあるでしょ」

混濁とした頭では弁解の言葉が出てこない。

思考すら儘ならない俺の手を、彩華は優しく撫でる。

そして最初から決めた動作をなぞるように、もう一度啄むようなキスをした。

俺の意思は介入できず、あやふやな思考のまま艶やかな感覚が続けられる。

「……意外ね」

キスを終えた後、吐息とともに彩華が言った。

何の抵抗もしない事に対してだろうか。

未だまともな声を発しない俺に、彼女はかぶりを振って続ける。

「ううん、別に意外でもないのか。あんたは、そう……男だし」

彩華は声を震わせながら、俺に顔を近付ける。

「……男だけど。ちょっと……待て」

漸くのところで制止する。

何かをしようとした彩華の気配が止まった。

だけど、もう遅い。何もかもが遅すぎた。

手を伸ばせばどんな部位にでも触れられる距離。

男女は基本肌を直（じか）に合わせない——そんな垣根は既に飛び越え、もうどこにも見えなくなってしまった。

思い返せば、先程も何度か胸に触れてしまっていた気がする。

しかしあまりに容易（たやす）く身体が触れ合っていた影響か、互いに特に言及もしない。

俺たちの垣根は破られていた。

これ程の至近距離は、以前の俺たちなら特段反応を示さないなどあり得なかった。

キスをした。

互いに同意の上で胸にも触れた。

一度越えた心理的な垣根は、再構築されるまでに時間を要する。

一日経（た）てば復活する垣根も、この数分以内では完全に取り払われたも同然だ。

つまり新たな垣根を視認するまで、この時間は終わらない。

瞬間、パサリと衣類の落ちる音がした。

ベッドが微かに揺れている。

それが彩華によるものだと理解するのに数秒掛かる。

彩華は羽織ものやニットを脱いで、下着姿を露（あら）わにしていた。

何度目かになる下着姿は、これまでのどの姿よりも妖艶に見えた。

「……よいしょ」

彩華が膝で移動して、身を乗り出してカーテンを閉める。

部屋の中は殆(ほとん)ど見えなくなった。

身体の輪郭がかろうじて視認できる程度だ。

ベッドに座る腰が、より深く沈んでいく。

彩華がこちらに近寄ってくるのが、気配で分かった。

「ねえ。見る？」

小さく息を呑(の)む。

それが分からないほど子供じゃない。

「待ってくれって言ってるだろ」

「……うん」

沈黙が降りる。

……礼奈の時とは違う。

既に互いが経験したものを再開させようとしているのではない。

新たに始め、受け入れようとしているのだ。

大切な人から自分を丸ごと受け入れられるという証明に、嫌悪感を抱けるはずもない。

そんな気持ちが、空白の時間を生んでいる。

「……あんた、やっぱ心底嫌って訳じゃなさそうね」

「……俺は」

礼奈の時も決して嫌ではなかった。

純粋な関係でいたいという想いが彼女に手を出すことを許さなかっただけで、嫌かどうかなど全く別の話だ。

だから今だって、嫌な訳がなかった。

大人になってもずっと一緒にいる。

先日のデートでその確信を得られた今、礼奈から離れた時と同じ理由を当て嵌めることもできないのだから。

「お前に迫られて心底嫌なやつ、いない。でも──」

ようやくまともに声を出す。

先程までの俺は、声を発すれば自分が正気に戻ると思っていた。

目の前の事象に対する大きすぎる混乱が収まるのだと。

しかし別の感情が強く自覚させてくる。

俺は正気で考えあぐねているのだと。

その心情を見透かしたように、彩華は言葉を並べる。

「保険かけてんじゃないわよ。嫌じゃないか、嬉しいのか。ニュアンスは大分違うでしょ」

彩華は片手を俺の頬に添え直し、訊いた。

「あんたはどっち？」

「俺は——」

思考。

俺たちは男女の在り方について何度も何度も考えた。

二人で話したことはもちろん、一人で悶々と思案した時間は決して短いものではない。

高校時代を含めれば、周囲の人間に揶揄される機会だって、俺たちの間では決して珍しくなかった。

煩わしかった。

とにかく煩わしかった。

彩華と一緒にいたいだけなのに。

彩華の傍に立っていたいだけなのに。

たったそれだけなのに、俺と彩華以外の人間が確立した考え方に振り回される現実。

それが本当に、どうしようもなく煩わしかったのだ。

俺たちが納得していればそれでいいだろう。

俺たち以外に口を挟む権利なんてないだろう。

何度そう思ったことか分からない。

だけど、目の前には。

今まであれほど煩わしかった垣根が、綺麗さっぱり無くなっている。

二人だけの世界が此処に在る。

一つ屋根の下、自分と相手の他には誰も存在しない。

別の感情——その正体を自認する。

即ち、高揚感。

今この瞬間、自分と彩華の間に僅かな垣根も存在しないことに対しての悦びだった。

「嬉しいよ」

俺の返答に彩華は瞬きした後、頬を少し緩ませた。

「……良かった。私もなんか、嬉しいから」

「……うん」

この時間は意見を交わすことで手に入った訳じゃない。

この時間は、彩華が強制的に垣根を飛び越えたことで手に入った。

相手が美濃彩華だから、こうなった。

「あんた、初めてじゃないでしょ？」

「え？」

不意に暗闇の中で聞こえた声に、俺は思考の一切を中断する。

そして問いの意味を思案した。

意味を理解すると同時に、目がほんの少しずつ慣れてくるのを感じ取る。

「もし、この先もする気があるなら……その。私、そういうの全然分かんないってことだけ言っておくから」

「そういうのって――」

「分かってるくせに。いつも偶然触れてたとこ、好きにしていいって言ってんの」

彩華の一言に、頭の一部が沸騰しそうになるのを感じた。

俺たちはもう殆ど大人だ。

このまま理性が焼き切れてしまえば、後の行動は決まっている。

手を伸ばせば、止まれる自信もない。

「……早く、どうするか決めて」

俺が何をしようと、彩華はきっと受け入れる。

このまま押し倒せば、きっと、後は。

だけど――

俺の視線が、彩華の顔から肩付近へ移動した。

新たな情報が脳髄に伝達される。

震え。

彩華の肩に手を置くと、彼女の身体から小刻みに震えが伝わってくる。

視線を上げると、俺は目を見開いた。

「……そんな顔、してたのか」

「え？」

彩華は戸惑いの声を出す。

彼女の表情は、今まで見たことのないものだ。

これだけ長い間一緒に過ごしていても、覚えがない。

初めての状況なのだから、仕方ないのかもしれないが。

「……」

俺は彩華の肩から手を下ろす。

そして少し距離を取った場所に座り直した。

頭から熱は放出され、冷静な思考が確保される。

「……やめるの？」

彩華の問いに、俺は小さく頷いた。

「……ああ」

張り詰めていた空気が僅かに弛緩する。

「……そ」

彩華は特に追求せずに、短く答えた。

礼奈との一件を知って尚、彩華は何故こんな行動を起こしたんだろう。

今の彩華が、同じ轍を踏もうとする訳がない。

きっと彩華には確信があったのだ。

俺たちが過ごした時間が本物だからこそ、俺たちがそれぞれ二人の世界を築き上げたいと思ったからこそ——一思いに関係を進展させることは、俺との間のみでは有効に働くのだと。

恐らく彩華の中で予想外だったのは、自分自身でコントロールしきれない感情があったことだ。

彩華自身には垣根を越える意思があっても、選択する強さがあっても——その局面で心がついてこなかったのか。

薄暗闇の中暫く微動だにできずにいると、やがて彩華の口から声がした。

「……あはは。なるほどね」

あっけらかんとした笑い声。

腹落ちしたような声色だった。

胸中を誤魔化すような色ではなく、心底納得したような声色だった。

「……なに笑ってんだよ」

「うっさい、変態」

時間が止まる。

カチコチと秒針の進む音。

「……なっ」

耳を疑って、俺は呆けた声を上げた。

彩華の表情は見えないが、この緊迫感にそぐわない単語が聞こえた気がする。

「今俺に変態って言った？」

「うん」

あっさり彩華は肯定した。

俺は目を瞬かせてから、もう一度その場に座り直す。

先程から一体何回座り直したか分からない。

「へ、変態って……この空気は俺ら二人で作ったものだろ。一方的に悪者扱いは良くない」

「それを別に悪いこととは言ってないでしょ。男女が一つ屋根の下なんだから、全く欲情されなかったらむしろぶっ飛ばしてたわよ」

「理不尽すぎない⁉」

声を上げて、あっと口を手で塞いだ。

理不尽な発言に、思わずいつも通りの抗議をしてしまった。

しかし彩華はクスクス笑い、内心安堵(あんど)した。

彩華の震えは本物だった。

だがいつも通りの日常は、すぐ取り返せる場所にあるらしい。

空気は完全に弛緩した。

それを彩華も感じ取ったのか、彼女はベッドに落ちていた肌着やニットを手際よく纏(まと)い、カーディガンを羽織る。

僅かに目が慣れてきたタイミングでの着衣で、中々危ういところだった。

彩華がカーテンを開けたのが、終幕の合図。

薄暗闇の部屋。

俺の視線に、彩華が口を開いた。

「……なに？　今更続けたかったとか言われてもダメだからね」

「い……言ってないだろそんなこと！」

「あはは、そうね」

気の抜けるような、日常と変わらない声色。

彩華は今しがたの時間をどう捉えているのだろうか。

俺は素直に訊くことにした。

「なあ、彩華。今の時間は全部夢にするってことか？」

時間にすれば、たった数分間の出来事。

かつて彩華は、嘘は吐いてもいいと言っていた。

もっともらしい嘘を吐いた結果納得できるなら、それでいいと。

だが。

「しないわよ」

即答だった。

夜の帳に支配される一室に、凛とした声が放たれる。

「夢になんてする訳ないでしょ。今この時間は、私があんたに本気で向き合った証拠だもの」

彩華は少しも迷わず言葉を並べる。

「半端な覚悟で来てないっての。全部、覚悟できてるからこそ最後の判断も託したんだから」

「わ……分かってるよ」

そう答えるのがやっとだった。

突然の出来事に、まだ動揺が残っているようだ。

動揺して当たり前だ。

彩華があんなに迫ってきたのは初めてなのだから。

長い付き合いの彩華自身が、俺たちの間に在る垣根を飛び越えた。

その結果——自分でも、自分が意外だった。

礼奈に同じように迫られた際、俺は頑として流されなかった。

誰にでも付き合う前に迫られたら、俺は同じ行動を選ぶと思っていた。

それが常識で、いくら普通が人によって変わる尺度とはいえ守りたい一線で。

だが彩華と共に進んだ轍は、俺の思考に限定的な変化を及ぼしたらしい。

無意識とはいえ、数秒、数十秒、もしくはもっと。

俺と彩華は付き合う前に、キスを交わしたのだ。

彩華との関係は幾度となく変化してきたが、その関係の終着点を見出した悦びが、無意識下に下した判断へ繋がったのか。

……これも全部後付けかもしれない。

本当に分からない。

あの瞬間自分がどんな思考で美濃彩華とキスをしたのか。

それとも何の思考もしていなかったのか、過去の思考が積み重なった結果の反射だったのか。

正確に思い出すのは流れ星を捕まえるのと等しく難儀だ。

過ぎ去った今では、星の数ほどの可能性が在る。

「ねえ？」

彩華が静かに呼びかける。

彼女の声色一つで、部屋の空気は目まぐるしく変移する。

俺の胸中も同様だ。

彩華に向き直ると、彼女は小さく頷いた。

「さっきのことね。あんたに拒否されなかったのが、私にとっての一つの結果」

彩華はこともなげに言葉を続ける。

「それが分かっただけで、今日の意味はあった。だからまあ、これ以上はナシね。私にとってはこれからが本番だし、あんたが理性保ってくれたおかげでスムーズに次の話に移れるわ」

「保てなかったらどうするつもりだったんだよ……」

「その時はその時よ」

彩華はこともなげに肩を竦めた。

目を見開く俺に、彩華は小さく笑みを浮かべる。

「言ったでしょ、何をされても私はあんたから離れてやる気はないって」

その瞳は、俺から離れないと言っていた。

その顔は、俺に離れてほしくないと言っていた。

「だから気にしないで、今からは思ったこと全部言葉にしてほしい。少しのすれ違いも起きないように。それくらい大事なことだから」

気持ちを言葉にする大切さ。

月の光を肌に感じながら、俺は静かに呼吸する。

口を開くと、彩華が耳を澄ませるのが分かった。

「……オッケー」

そう告げると、彩華は満足気に微笑む。

「ありがと。じゃあ、改めて言うわね」

ベッドの上で寛いだ姿勢。

俺は彩華の傍に転がっていたリモコンを手に取り、電気を付ける。部屋に広がる電灯は、目も眩むような明るさ。

その明るさに負けないくらい鮮烈な存在が、俺に優しく言葉を紡ぐ。

「好きよ、悠太。私、あんたを愛してる」

彩華の頬は、微かに赤みを帯びていた。

明かりの下に座す彩華は、真っ直ぐこちらを見つめている。

白いニットに隠された部分を、僅かに視認したのが嘘のような光景。

部屋は数分前までキスしていたなんて感じさせないくらい普段通りなのに、彩華には昨日よりも数倍目を惹かれてしまう。

「……ありがとう。めっちゃ嬉しい」

そう答えた声色は、自分でも分かるくらいに緊張していた。

「うん。答え、聞かせて？」

美濃彩華が、真っ直ぐ俺を見た。

「……答え」

俺は言葉を繰り返す。

彩華と交際した自分を全く想像したことがないといえば大嘘だ。

元々彩華を異性として意識する機会なんていくらでもあった。

しかしある時までそれが〝恋仲になりたい〟という明確な欲求に繋がったことはなかっ

たのもまた事実。

それは俺たちは親友だという意識が根付いていたからだ。

だけど去年のクリスマスシーズンを境に、俺は彩華との関係性の行き先を思案する機会が些か増えた。

きっかけは新しい出逢い。

志乃原真由との邂逅をきっかけに、俺は彩華との関係について沢山考えた。

それでも現状維持を選び続け、今に至る。

普通、変化は怖い。

大切にしてきたものが壊れる危険性を孕んでいる。

しかし彩華との間ではもう関係ないのだ。

彩華の〝あんたから離れてやる気はない〟という発言は、俺が現実から逃げる必要性を排除してくれた。

だから今答えられていないのは、俺に覚悟が足りないから。

それは返事をする覚悟でも、選ぶ覚悟でもない。

——俺自身が、誰と付き合いたいか。

それだけを考え抜く覚悟。

俺は目の前に起こる事象について深く思考することはあれど、自分から行動を起こしてそれを考える機会は殆ど(ほとん)なかった。

今が、その時だ。


俺も変わった。

彩華のおかげで、真由のおかげで、礼奈のおかげで。

俺なりに、現実へ向き合うことへの価値を知ったつもりだ。

告白への返事がどちらでも彩華は隣にいてくれる。そんな素晴らしい現実は今すぐ思考から外すべきだ。

俺は選ばなければいけない。

彩華と付き合うか。付き合わないか。

……その為(ため)には。

「……彩華」

「うん」

「……もう少し時間がほしい」

「分かった」

「分かった⁉」

思わず驚いた。

現状維持と思われないように、思考回路をそのまま全て伝える覚悟での発言だったのに、何も訊かれないなんて。

俺がまじまじと凝視すると、彩華はこともなげに頷いた。

「うん。まあぶっちゃけ、元々そのつもりだったから此処に来たのよ。だから待ってるわ」

彩華は光を受けて煌めく黒髪を梳いて、靡かせる。

俺は続けようとしていた言葉を飲み込んで、口を開き、また閉じる。

「私がなんでキスしたか分かる？」

「……キスしたかったからか？」

「それもあるけど、それは前提っていうか……じゃなくて」

彩華は口走りそうになったであろう言葉を飲み込み、頬を染める。

「あんたが自分で納得のいく答え出せるまで、告白してから時間掛かるのが解ってたから。あんたが真由か私かすぐに決められないことも解るから」

俺は目を瞬かせる。

……自分でも言語化できていなかった潜在意識まで見抜かれていたなんて。

本当に、彩華には敵わない。

「……いつもお見通しだな」

「あんたが分かりやすいのよ」

彩華は口元に弧を描く。

今まで何度も見せてくれた、悪戯っぽい笑みだ。

「もちろんいつまでも待つつもりは無い。だから期限は決めるわ」

「うん。当然だな」

「そこでね、私に考えがあるんだけど」

口調から、元々考えていたことが伝わってきた。

俺が真由といる間に彩華は様々な思考を巡らせていたのかもしれない。

「学祭終わりに返事をもらうのはどうかしら」

「……学祭か」

大学の学祭、通称『紅葉祭』。

ミスコンもあるあの舞台は、十一月十七日に開催される。

つまり、今から約一ヶ月後。

学祭がリミットになるなら、考える時間は十二分にある。

「いいのか？　結構長いぞ、一ヶ月って」

「何？　その時間で私が冷めちゃうこと心配してるの」

「全然してない」

「ちょっとはしなさいよ!?」

彩華は仰天したように声を上げた。

自分で驚くくらいその可能性は考慮していなかったが、確かに普通なら冷めてもおかしくない期間か。

その可能性を知って尚心配する気持ちが出てこないのだから、この認識は確かなものだ。

「ったく、なんでそんな確信してんのよ……」

若干呆れたように笑う彩華に、俺も頬を緩めて言葉を返す。

「彩華自身が出した答えなんだからそんなコロコロ変わらないだろ？　信頼してるんだよ」

確かに告白されたこと自体は衝撃的だった。

だけど二人の関係にいつか結論を出す必要があったのも確かだ。

それに、彩華が中途半端な気持ちで告白してくる訳がない。

目の前にいる女子は数え切れないほど告白をされてきた、美濃彩華なのだ。

高校時代から、俺たちは先を求めていた。

今日はお互い考えていたことに、彩華が結論を出した日。

その結論を疑うという発想は一ミリだって浮かばない。

俺の返事を聞いて、彩華は少しだけ頬を膨らませた。

「なんか……ムカつく」

「なんでだよ！」

俺が言葉を返すと、彩華はフウと溜息を吐く。

「あんたの言葉でいちいち嬉しくなる自分にもムカつくのよ。あー、なんで私あんたのことこんなに好きなんだろ。あんたのどこがいいんだろって思ったら、すぐに沢山理由が思い浮かぶのもムカつくわ」

「おおお待て待て、嬉しいけどなんか複雑な気持ち」

「ふん」

彩華は顔を背けた。

若干照れているのか。

だけど、殆どいつも通りだ。

この調子だと、明日からも気まずい空気は流れそうにない。

告白への返答まで、一ヶ月。

それまで一緒に愉しい時間を過ごしながら、思考を巡らせられそうな気がした。

他でもない、彩華のおかげで。

「……ありがとな」

「なによ。お礼なら学祭終わりに言ってよね」

ほんの少し、頬が緩む。

月明かりが強くなる。

彩華は少し間を置いた後、言葉を続けた。

「じゃあ……そういうことで。待ってるから」

「おう。待っててくれ」

俺も、言葉を返す。

俺たちは沢山のことを乗り越えた。

だから、俺たちの未来は明るいに決まってる。

彩華は俺と恋仲になりたいと結論を出した。

次は、俺が結論を出す番だ。

彩華はニコッと微笑んだ。

そして身体をググッと伸ばし、リラックスした様子で口を開く。

「ねえ、悠太」

「はい」

名前呼びにぎこちない返事をすると、彩華は小さく口角を上げる。

「最後に訊きたいんだけどさ。さっき私が震えちゃった理由、分かる？」

「……怖かったからか？」

先程の彩華を想起する。

頬を染めていたのと同時に、微かに震えていた。

人はいざその瞬間を迎えると、あまりにもリアルな光景が目に入る。

思考の範疇を越えてそのリアルを目の当たりにした時、感じることは人それぞれ。

今回は十中八九計画的な事象。

欲情した上での突発的な事象ではないのだから、心が置いていかれるのもむしろ当然のことだろう。

　しかし、彩華はこの思考に異議を唱えた。

「違うわよ」

「え？」

　俺は驚いて目を瞬かせた。

「あんたに私の気持ちを伝えた瞬間から、心が離れなかったの。ずっと告白のこと考えちゃって。……意外と緊張してたんだから」

　彩華は頰(ほお)を指で搔(か)いて、俺から視線を外した。

　告白は勇気がいる。

　それは誰もが想像に難くないこと。

　自分の心情を伝えた瞬間、関係性が劇的に変化する可能性を秘めているのが告白だ。

　緊張するのは、たとえ俺と彩華の関係性だって例外じゃない。

「……そうだよな。伝えてくれてありがとう」

　一つの言葉を想起する。

　──大人になっても、よろしくね。

　彩華が俺たちの先を信じてくれたからこそ、この時間は存在する。

　俺がもう一度お礼を伝えようとすると、先に彩華が問い掛けた。

「ねえ、悠太。今夜はここで寝てもいい？」

「えっ」

驚いた声を出す。

すると、彩華はお見通しという笑みで悪戯っぽく言った。

「大丈夫、もう何もしないわよ。もう一度するのは逆効果だし」

「……た、確かに？」

「それともなに？　私が震えてるのを見破らなかったらよかった？」

「からかうなよ」

「あはは」

……本当に敵わない。

視線を上げると、時刻は零時半。

彩華を一人で帰すには、些か遅い時間だ。

そういうことに、しておこう。

「朝には帰れよ」

「分かってる」

彩華は嬉しそうに笑って、ベッドに横になる。

電気が消える。

先ほどまでの艶やかな雰囲気は部屋に少しも流れていない。

それなのに、俺の意識は片時も隣から離れなかった。

第2話　約束

目を開けると、見慣れた天井。

——彩華（あやか）に告白された。

目覚めた瞬間に昨日の情景が脳裏を過（よぎ）り、上体をガバッと起こす。

昨日の情報が過多なせいか、まだ若干頭が重い気がする。

それくらい、昨日からの時間はあまりに目まぐるしかった。

何せ、二十四時間前はまだ志乃原（しのはら）とのデート前なのだ。

あれから志乃原の実家にお邪魔したり、頬にキスをされたり、その後も彩華に——全てが次々に起こった。

あんなに激動な一日はない。

あれだけ感情が波打った後も普通に日常が始まるなんて、何だか信じられない話だ。

隣を見ると、彩華は既にいなかった。

彩華の講義は一限から。そして俺は二限から。

彩華は講義に必要なものを取りに帰る必要があったのか、随分早起きしたみたいだ。

スマホを見ると、彩華から届いているお礼のメッセージは朝の六時半だ。

『Ayaka：泊めてくれてありがと！　ゆっくり寝てね』

起こさないように出て行ってくれたことに感謝しつつ、ほんのり寂しい気持ちも湧き上がる。

少しだけ話したかったとか、一緒に朝ご飯を食べたかっただとか、そんな想(おも)いが胸中を支配している。

だけど、告白されてから間もない今日は一人でいるべきかもしれない。

告白されて、一ヶ月後に返事をしなければいけないから。

自分でも自分の気持ちを理解しきれていない今、考える時間は少しでも多い方がいい。

でも、ラインするくらいは許されるだろう。

『Yuta：おはよー。出る時声掛けてくれてよかったのに。お茶漬け食べたかった』

すると、すぐに既読がつく。

そして数秒後、返信が届いた。

『Ayaka：そんなかわいいこと言わないでよ！　ちょっと先に出たこと後悔したじゃない！』

文面を読みながら、胸が温かくなるのを感じる。

思ったことを言葉にする。

深い間柄じゃないと逆効果になりやすい主義も、彩華とは良い方向に働いてくれる。

俺たちの仲だからこそ、告白という一大イベントを経ても気まずい空気は流れない。

だから俺は普段通りの頭で思案することができる。

この気持ちは恋愛なのだろうか、と。

深い付き合いの誰かに恋愛と断じられたら、本当にそうなってしまいそうなくらい自分が揺れているのが解る。

俺は一人で結論を出す。

彩華と密な時間を過ごしてきた俺にしか、二人の未来は決められない。

だけど、それは一人で悶々と考えることとイコールじゃない。

俺の中の答えは、皆んなと過ごす日常の中に転がっている。

だから俺は、あえて変わらぬ日常を過ごすのだ。

半開きのカーテンを全開にすると、朝日が更に眩く差し込んだ。

学祭まで束の間の日常が始まる。

耳朶に響くチャイムの音色が、一日の終わりを告げている。

四限まで入っていた講義を終えると、俺は両手を挙げて身体を伸ばした。

昨日から身体が凝り固まってしまったのか、口から「うーっ」と声が漏れる。

残る予定は自由参加のバスケサークル『start』くらいだ。

俺は自分の席で上半身を伸ばしながら、あの体育館に赴くのもあと何回になるだろうかと思案した。

就活は多くの時間を要する。

その分どこかの時間を減らさなければいけないが、大学生の場合は真っ先にサークルがその候補に入ってくる。

だから就活が本格化する前に『追いコン』と呼ばれる会が開かれるのだ。

『追いコン』は〝追い出しコンパ〟の略称だが、物騒な名前とは裏腹にその実サークル版の卒業式みたいなもの。

サークルにとって、唯一区切りになる行事といっていい。

毎年開催される追いコンに俺は大した思い入れもなかったが、自分が後輩たちから追い出される日が近付いてきているのだと思うと少し感慨深くなるのだから、我ながら現金な性格だ。

「ん」

前方で見慣れた女子が視界に入った。

目が合うと、彼女はニコッと口角を上げる。

かつて栗色ボブだった髪はセミロングになっているが、彼女はこのまま伸ばし続けるような気がした。

元栗色ボブがこちらに近付き、声を掛けてきた。

「やっほ、悠太。今日もフル出席したんだ？」

「よ。就活近いからな、今期中には卒業決めておかないと」

俺の発言に、月見里那月はうんうんと頷いた。

彩華の友達。

志乃原の先輩。

礼奈の親友。

そして——俺の友達。

那月は、今や俺の生活に深く入り込んでいる。

丸メガネ越しに大きめな瞳の那月は、俺が荷物を片付けるのを待ってくれるような仕草を見せた。

「さんきゅ」

お礼を伝えてから荷物を纏め、俺はすっくと立ち上がる。

この講義室は出入り口から奥にかけて傾斜になっており、壇上から十メートルほど離れたこの席は前を見下ろす位置になっている。

その分沢山の学生が目に入りやすいのだが、那月越しにまたも見慣れた姿を捉えた。

ピンクゴールドの髪をポニーテールにした女子と、チャラそうな男子。

戸張坂明美と元坂遊動だ。

片や彩華と中学時代の友達、バスケ部時代の元副主将。

片や志乃原の元カレ。

そんな二人が付き合っているのは以前から知っていたが、どうやらまだ続いているらしい。

明美はいつも通りピンクゴールドの髪を後ろに括り上げていて、愉しそうに笑顔を見せている。

そんな明美の笑顔を見て、俺は思うところがあった。

「最近、明美さん変わったよね」

同じく二人の様子を眺めた那月は、ポツリと呟いた。

俺も首を縦に振る。

「だな。なんか柔らかくなった」

「え、触ったの？」

「そうじゃねえ表情だよ！」

那月はクスクス笑って「冗談冗談」と言った。

俺と那月は講義室の出口へ歩を進めると、明美たち二人はこちらに気付かないまま廊下へ姿を消す。

最後まで二人で笑い合っていたのが印象深い光景だった。

明美の笑顔は、純粋なものな気がする。

「……上手くいってるんだろうね」

那月はそう言って、眼鏡をくいっと掛け直す。

「……そうだな」

二人は変わった。

恋愛が人を変えたと捉えるのは、些か大袈裟だろうか。

那月が一歩前に進み、ごった返す場所に身を投じる。

その後ろ姿に、アッシュグレー髪の女性を想起した。

……いや、大袈裟じゃない。

恋愛にはその力がある。

俺も含めて、誰もが変わる。

誰もが変わる可能性を秘めている。

だから恋は怖くて、儚(はかな)く、美しい。

俺が『start』から退く日も近いのは、紛れもなく避けられない事実だった。

そしてその事を寂しがる小悪魔な後輩が、俺の隣を闊歩(かっぽ)していた。

「え!?　先輩、サークルを一月で卒業するってどうして言ってくれなかったんですか!?」

「だって忘れてたんだもん」

「もんじゃないですよ、なにかわいこぶってるんですか！　めちゃくちゃかわいいですけど！」

後輩、志乃原真由(まゆ)は地団駄を踏んで抗議し続ける。

「私、先輩がいるから〝start〟のマネージャーになったんですよ!?　先輩がいなくなったら私の存在なんて、ただのスーパーヒロインマネージャーになっちゃうんですけど！」

「スーパーヒロインマネージャーなら万々歳だろ」

志乃原は俺のつっこみに、プクーッとあからさまな膨れっ面をしてみせた。

この後輩がいると、いつも空間ごと賑やかになる。

『start』行きつけ体育館への道すがら、志乃原は大袈裟に手を広げてみせた。

「ぜんっぜん万々歳じゃないです！　私だけが輝いてても、その光に当てられるのは周りだけ。光源の私は光を見ることはできないんですから！」

「ならお前から放たれた光に当てられてる人見て満足してくれ」

いつもと変わらない後輩の挙動に、俺もまたいつも通り呆れたように溜息を吐く。

「なあ、最近どんな本読んだんだ？　お父さんから貰った本か？　ロクな影響受けてないから絶対もう読むなよ？」

「辛辣すぎる上に全く違いますよ!?　昨日のことを思い出したらちょっと恥ずかしいのでハイテンションで誤魔化してただけです！」

思わず足を止める。

彩華のキスによって薄まった記憶が、志乃原の頬を染める様子で徐々に鮮明になっていく。

寂れた商店街で瞬いたライトキス。

俺は志乃原が唇で触れた部分を、そっと指で撫でる。

もう一度歩を進めた俺は、普段通りの返事をした。

「だからなんで全部言っちゃうんだよ。隠せ隠せ」

「む」

今度は志乃原が足を止める番だった。

若干訝しげな表情の後輩は、俺をしげしげと見つめた後に訊いてきた。

「先輩……昨日ちゃんと真っ直ぐ帰りました？」

「真由は俺のお母さんか。真っ直ぐ帰ったよ」

「そうですよねー、さすがの先輩もその足で彩華さんに会いに行くとかはしないですもんね？」

「してないな。昨日は帰ってから早めに寝てたし」

彩華とのあの時間は日が変わってからだ。

だから何も嘘は吐いていないのに、表沙汰にするにしては重大な事実を秘めているせいで緊迫感がある。

誰とも付き合っていないのだから緊迫感を覚える必要はないという人間もいるかもしれないが、そう簡単にはいかない。

口が裂けても言えないので、割り切るしかないのだけれど。

いくら日が変わってからとはいえ、俺も彩華のあれが裏道であることは認識している。

「まあ彩華さんも日が変わるまでは何もしないですよね。ということは、やっぱり今日が勝負……！」

志乃原は目を爛々と輝かせて、俺の肩をガシッと摑んだ。

俺は体をガクガク揺らされるのを覚悟したが、意外と頼まれただけだった。

「先輩、今日はサークル抜けちゃいましょう！　私とデートに行くのです！」

「さっき俺が〝start〟抜けるの寂しいって言ってたよな⁉　その気持ちはどこいったんだよ！」

「無くなりました！」

「無くなったの⁉」

志乃原はすぐに首を縦に振る。

自信満々で、そして何故か少し頰を染める。

一縷の逡巡も見せずに、志乃原真由は言葉を紡ぐ。

「だって先輩の方が大事ですもん！」

予想外の言葉。

だけど、意外には思わない言葉。

「……大事か」

俺はそう繰り返す。

昨日の商店街での一件から、もはや明らかだ。

もう、明言されていないだけ。

志乃原も、俺のことを。

これが自意識過剰ならもう世界の何も信じられない。

「先輩？」

不安そうな顔が俺を覗(のぞ)いていた。

菫色(すみれいろ)の大きな瞳に、俺の姿が写っている。

「……今日は参加しておこうぜ。〝start〟にはあと両手足の指くらいしか参加できないんだし」

「そう聞くとなんか多そうに聞こえますね……でも分かりました」

志乃原は口を窄(すぼ)めて言葉を返す。

「私みたいなスーパーヒロインマネージャーがいきなり抜けるのはダメですね。今日は一緒にいられますし、また後で話せばいいです」

どうやら一人で納得してくれたらしい。

先ほど垣間見(かいまみ)えた不安の色は表情から消えており、内心胸を撫で下ろす。

この後輩を不安にさせたくないのは、彼女を大切に想(おも)うからか。

それとも、異性として好きだからか。

かつて志乃原が恋愛を分からないと言っていた時、俺は彼女の在り方を知るだけで理解はしきれていなかった。

……でも、今なら少しだけ分かる。

自身の心を覗き込んでも、ハッキリしない景色だってある。

自分のことを全て理解するなんて、大半の人には難しい。

就活においての自己分析にだって時間を要するのだから、恋愛なんてより繊細な事象に今すぐ答えを出せないのも、ある種当然の話だ。

少なくとも、今日すぐに結論が出るものではないだろう。

「あーあ、先輩のプレーを観られるのもあとちょっとなんだ……」

「……結構前にも言ったけど、俺はそんなスーパープレーはできないからな」

残念そうな声色に、俺は平たく言葉を返す。

今年の一月、初めて志乃原がサークルに参加した日。

まだ志乃原が元バスケ部だったと知らない頃、確か同じような会話をしたはずだ。

「知ってますよ。先輩のプレーだから観たいだけなんで」

志乃原はそう言って、再び歩き始めた。

彼女の後ろ姿が、どういう訳か見違える。

俺は暫く その場に佇んで眺めた後、思考を巡らせながら歩を進める。

……あの日より、志乃原は多分大人になった。

それは大勢の前ではしゃぐ回数が少なくなったとか、天真爛漫の裏に隠れた様々な思慮だとか、そんな今更な話ではない。

「あの時も、きっと今と同じ気持ちでしたよ？」

志乃原はおもむろに振り返る。

少なくとも〝あの時〟は、こんな表情を見せなかったから。

体育館にはいつも通りの光景が広がっている。

すっかり良い環境に落ち着いたバスケサークルで、ボールを追いかける学生たち。

各々の日常を愉(たの)しんでいる光景は、見ていて元気を貰える。

多分これは、志乃原の影響だ。

今までこんな思考回路は殆(ほとん)どなかったのに、と思う機会は彼女と知り合ってから何度もあった。

俺はそんなことを考えながら、紙コップを口に運ぶ。

大輝(だいき)を始めとするサークル員たちが体育館を駆け回る中、俺は隅っこで水分補給をしていた。

スーパーヒロインマネージャーである志乃原が用意してくれる、ちょっとした給水所。

長テーブルにウォータージャグが四つ並んでおり、水だけではなくスポーツドリンクやお茶を飲むことができる。

なんでも『start』の元副代表である琴音(ことね)さんが、自身の引っ越しを機にお古の冷蔵庫を差し入れしてくれたらしい。

体育館側からの許諾も得て、キンキンに冷えた水を備蓄できるようになったことから、去年よりもサークルの環境は大幅に良くなっている。

俺はスポドリで喉を鳴らしながら、試合風景を遠目に眺めた。

汗がひくと肌寒い季節になったが、それでもスポドリを飲むのは学生としての最後の意地だ。

社会人になったら、多分スポドリを飲む機会は減る。

運動する機会が減るにつれて、別の飲み物を選択する機会が増えるはずだ。

甚だ見当違いかもしれず、学生のうちにできることは全うしたい意識が変な方向に働いてる自覚もある。

だけどまあ、サークルの時間くらい頭を空っぽにするのも悪くないだろう。

「お前それ何杯目だよ」

「うぇ」

四杯目を注ごうとしたところで、後ろから後頭部を軽く叩(はた)かれた。

振り向こうとするより前に、紙コップが取り上げられる。

そしてスポドリは藤堂(とうどう)の口に吸い込まれていった。

「な！　このやろ、返せ！」

紙コップを取り返すと、中身は既に空っぽだ。

俺は恨めしげに藤堂を睨(にら)む。

しかし、ミディアムヘアのイケメンも負けじとこちらに視線を返してきた。イケメンは怒ってもカッコいい。

「返せじゃねえよ。スポドリは貴重なんだぞ、これ一個分しかないんだからな？　久しぶりにスポドリがやってきたから、俺も楽しみにしてたのに」

サークル代表としての苦言か、藤堂は鼻を鳴らす。

どうやら自分ばかり飲まずに、皆んなの分も残しておけよと言いたいようだ。

なるほど、確かにサークル費によって齎されたスポドリならその通りだろう。

しかし俺にもスポドリをガブ飲みしたい理由があった。

「そのスポドリは今まで俺が差し入れしてたんだぞ。もちろん自腹で」

「はは、下手な嘘つくなよ」

「嘘じゃねえ！」

俺の即答に、藤堂が口を閉じる。

そして俺が来た時にしかスポドリを飲んでいない事象を想起したのか、次第にバツの悪そうな顔をした。

「……なあ、悠」

「んだよ」

「……何か俺に頼みたいことあるか？」

「あー、そうだな。レジュメ三年分でどうだ」

「留年する気かよ！」

藤堂は思わずといった様子でつっこんで、かぶりを振った。

それに伴い髪が緩やかに靡く。

髪色をまた変えており、今日は原点回帰の黒色だ。

運動中なのでヘアピンはしておらず、藤堂は前髪を鬱陶しそうに掻き上げた。

「おい、イケメンにしか許されない仕草すんなよな」

「誰がだよ。……まあほんとあれだ、悪かったな。お詫びにステージ前の関係者席用意してやるよ」

「ステージ前……？」

俺は思わずげんなりする。

海旅行やハロウィンパーティー、最近の藤堂はカロリーの高いワードをすぐ口に出す。

今回も十中八九行事ごとに違いない。

「そりゃなんの席だよ。追いコンか？」

「ぶっぶ、学祭のミスコンだよ。俺運営に携わってるって言わなかったか？」

学祭。

学祭といえば、俺の中にはミスコンより百万倍大切なことが控えている。

藤堂には知る由もないはずだが、タイムリーな単語に俺は一度息を吐く。

「まあ悠は俺が招待なんてしなくても、関係者席に座るだろうけどな」

「……なんだそれ。ミスコンの準備とか、何も参加してないのにか」

そう答えると、藤堂は小首を傾げた。

「いや、実行委員会には彩華さんもいるだろ？　ほっといても彩華さんに招待されるだろってことだよ」

「……いやいや、初耳な気がするけど」

彩華が学祭について話していたのを思い返す。

ハロウィンパーティーの準備を巡って少し揉めた後、彩華は〝学祭は一日楽しみたいから来てほしい〟と言っていた。

もしかしたら彩華は、あの時から。

「あれ、そうだっけか。前言ってた気がするけどなー」

藤堂は首を捻りながら、新しい紙コップを手に取った。

長テーブルには新しい紙コップが山盛りに積まれている。

藤堂は水を汲みながら、不意に言った。

「なー。お前何かあったか？」

「え？」

飛んでいた質問に、俺は目を瞬かせた。

現時刻は十七時。確かに、この二十四時間以内に〝何か〟は山ほどあった。

「なあ、俺ってそんな分かりやすい？」

「いや、カマかけた。やっぱあったんだな」

「タチ悪ぃぞてめえ！」

俺の抗議に、藤堂は面白そうにくつくつ笑う。

伸びた襟足がフリフリ揺れて、今時この髪型がサマになる人間がどれだけいるだろうかという感想を抱いた。

その時ワッという歓声が湧き、俺は逃げるように藤堂から視線を逸らす。

コート内でガッツポーズする大輝に、美咲が両手を上げて「ナイシュー！」と叫んでいた。

俺は紙コップに水を注ぎながら、話題を転換する。

「大輝と美咲は順調そうだな」

藤堂は何か言いたげだったが、俺の話題変更に乗ってくれた。

「あの二人はまだ付き合いたてだしな。これからだろ」

藤堂の言葉に、俺は「違いない」と頷く。

大輝と美咲は、付き合ってからまだ一ヶ月ちょっと。

このまま先に進むには、きっと色んなハードルがある。

二年半近く交際を続けている藤堂カップルでさえ、危うい時期もあるのだから。

「そういや、藤堂たちはどうなんだよ。上手くいってんのか？」

「あ、俺別れたんだ」

「え。……え？」

あまりにすんなりと出てきた返事に一瞬思考停止した俺は、目を丸くする。

その様子に、藤堂は苦笑いした。

「意外か？　危うい話はしてただろ」

「え、してたけど。なんで。確かに就活で揉めたって言ってたけど、それが拗(こじ)れたってことか？」

ベンチャー企業に行きたい藤堂と、大企業で安定思考の彼女。

結婚を五年後くらいで考えている藤堂と、卒業したらすぐに籍を入れたい彼女。

方向性の違いという言葉に笑い合ったのは、まだ記憶に新しい。

「まあそんなところだな。とりあえず、暫(しばら)く距離を置こうって話に落ち着いたよ」

「それって別れてるのか？　距離置いてるだけじゃなく？」

「いや、別れた。別れ際は復縁前提みたいなノリだったけど、それもお互いその時のテンションがそうだっただけかもしれない。あんまり期待しないでおくよ」

やけにきっぱりした口調だった。

藤堂は紙コップの水を一気に飲み干す。

「……後悔してるのか」

「さあな。まあ、ここから自分がどうなるかによるだろ。これで行きたい企業に行けなかったら、目も当てられないけど」

藤堂は空になった紙コップをクシャリと潰し、長テーブルに掛けられているゴミ袋へ放り投げた。

「だから、お前も後悔するなよ。何に悩んでるのか知らないけどな」

重い言葉だった。

藤堂は「じゃー後でな」と言い残して、試合に戻って行く。

……藤堂とは知り合ってから短くない。

その知り合った当初から、彼には彼女がいた。

期間でいったら二年半に近い。

学生の二年半はかなり長い。

そんな長い付き合いだった二人が、今後連絡も取り合わない仲になる。

恋愛さえしなかったら、二人はそうならなかったのだろうか。

恋愛しない方が、二人は幸せだったのだろうか。

……いや、違う。

恋愛していた時の藤堂たちは、間違いなく表情が輝いていた。

二人の付き合いだって、学校の違う藤堂たちは恋愛しなかったら二年半も続かなかったはずだ。少なくとも、交際関係より濃い時間を過ごすことはない。

二年半の中身は知らないが、藤堂の顔を見るに無駄にしたとは一縷も思っていない。

それなら、二年半の歳月は変わらず大切なものなのだろう。

……きっとお互い、新しいパートナーにその中身を語ることはない。

だけど、確かに心の中に在る。
試合に途中出場する藤堂を、俺は視線で追い続ける。
あることに気付いた俺は、思わずポツリと呟いた。
「……やっぱバレてんじゃねえか」
何に悩んでるのか知らないと言ったのに、結局最後には恋愛絡みの話になっていた。
俺の胸中を察して、詳細を訊かないでおいてくれたのか。
……いい友達を持ったな。
小学生まで遡っても、俺にとって藤堂のように仲良くなれる存在は稀だった。
笛の音が体育館中に響き渡る。
「悠！　お前も来いよ！」
コートの中から、藤堂と大輝が俺を呼ぶ。
白線外からは、志乃原と美咲がタオルを振り回している。
……この空間も、もうすぐ終わる。
大学生活を彩ってくれた『start』に感謝しながら、俺はコートへ駆け出した。

日が沈む時間が早くなっている。

少し前までこの時間帯はまだ空が紅く染まっていたのに、今じゃこれでもかというくらいの濃紺だ。

体育館から引き上げ、帰路についてから数分。

俺は空を見上げながら、筆記用具やバッシュ、運動着の詰まったトートバッグを肩に掛け直す。

先程まで良い具合に身体を動かしていたおかげか、足取りは軽い。

就活が最優先ではあるけれど、たまの運動はリフレッシュに最適かもしれない。

「先輩ー、今日も家行っていいですよね？」

「おい、なんで殆ど決まってるみたいな言い方なんだよ。もうちょっとフェアな選択肢を俺にくれ」

今日も家に入る気満々だったらしい後輩は、くりっと大きな瞳をこちらに向けた。

「えっダメなんですか？」

「ダメ。今日は一人がいい」

「えーっどうして！」

「断るだけですごい反応だな！」

「当たり前じゃないですか！」

「いや、そう言われても……」

いつもならまだしも、今日は違う。

一人になって、昨日あった出来事を消化する時間を長めにほしい。

日常に転がっている答えも、俺は模索している。

「今日は色々語らいましょうよ。ほら私、先輩に聞いてほしいこともあるんです！　最近の恋愛観とか、ほらほらそういう系ですっ」

「今日はダメだって。分かってくれ」

「えー！」

恋愛観は、今日は特に耳に入れたくない事柄だ。

俺は大学に入ってからは多様な恋愛観を耳にした。

彼女は人生に一人だと決めている人。

彼女はとりあえず作るものだと思っている人。

恋愛自体がゲームのようだと得意気に宣う人。

自分より経験のある人間の言うことなら真理だろうと、自身に明確な答えがないのに、場の空気に流される人。

他にも世間じゃ恥ずかしいとされる恋愛観だったり、暗黙の了解とされる恋愛観だったり。

誰もが一つ持っている考え方だからこそ、どの価値観にももっともらしい理由が在る。

その理由が自分に少し刺さるだけで、他人の価値観が自分の価値観に入れ替わる。

流されて今の自分だけの答えを見失うのが、俺は一番怖い。

参考にするのと流されるのではまるで違う。今の俺はもう誰かの恋愛観を参考にする段階は終えている。

十中八九、彩華もそれを望んでいない。

だけどこの思考回路を知る由もない志乃原は、不満そうに口を尖らせる。

「……先輩、やっぱり」

「真由って学祭来るのか？」

「話逸らすの下手ですね⁉　全然行きますけども！　ていうか私、一応人前にも出るしもはや出てはいるんですけど！」

「何言ってんだよ」

文句を言いながら答えてくれるあたり、人の良さが出てしまっている。

志乃原は俺への違和感に言及するのを諦めたのか、息を吐いてから訊いてきた。

「先輩って学祭に行くのがそんなに楽しみなんですか？」

「……絶妙なラインな気がする」

「なんですか、そこは楽しみであってくださいよ」

「ごめんごめん」

彩華に対しての感情の整理。

それ以外にも、学祭には思い出が沢山詰まっている。

サークルの出し物も楽しかったし、女子大の学祭では礼奈と出逢った。

次の年の学祭では礼奈と別れるきっかけにもなったミスコンもあり、華やかな舞台に若干の憂いを覚えてしまう。

酸いも甘いも詰まった日程が近付いている。

「先輩」

くいっと頬を触られる。

俺は驚いて立ち止まり、志乃原を凝視する。

「この前思い出したんですけどね。先輩って、確かミスコンがきっかけで礼奈さんと拗れてましたよね？」

「言い方よ。まあその通りなんだけど」

「だから先輩ちょっと楽しくなさそうなんですか？」

「……楽しくない訳でもないって。言ったろ、絶妙なラインだって」

志乃原は俺の頬から手を放すと、自分の茶髪をサラッと指で梳く。

「じゃあ先輩。ミスコン本番は観たことありますか」

「いや……そういや観てないな。観たことないかも、なんで？」

「そうですか」

志乃原は数秒間俯く。

少し肌寒い風が頬を撫でる。

やがて志乃原は顔を上げた。

「私、決めました」

「なにを？」

「先輩の中のミスコンを良い思い出に変えてあげます！」

俺はトートバッグを肩に掛け直して再び歩き出す。

志乃原はことあるごとに宣言する。

宣言することで、自分の行動を決めている。

返事をしようと目をやると、志乃原が次の言葉を探しているのが分かった。

歩調を緩めず、次の言葉を待つ。

やがて、志乃原は静かな声色で付言した。

「……ううん、これは建前かもですね」

志乃原真由は天を仰ぎ、凛とした声色で続ける。

「私が礼奈さんを塗り替えます。そして——彩華さんも」

俺は志乃原と数秒視線を交差させる。

志乃原は暫くこちらを見上げた後、挑戦的な笑みを浮かべて言った。

「その日は、私しか見ないでくださいね？」

紅葉に身を彩る葉が、風で華やかに舞い上がる。

舞台の幕が上がるように。

最期の幕だと言うように。

第3話　雲と月

先輩が住まうアパートを見上げる。

街灯に照らされる、鉄骨の二階建てアパート。

そこの最奥部の角部屋が、先輩の部屋。

先程まで暗かった窓からは橙色(だいだいいろ)の光が漏れて、先輩が帰宅したことが判(わか)る。

いつもなら、帰る帰る詐欺で私も部屋に突撃してしまうところだ。

だけど今日のところは先輩の部屋に背を向ける。

夜の住宅街を歩きながら、私は唇をキュッと結んだ。

ちょっとだけ焦っていた。

先輩と一緒にお父さんの家へ行ったのは、まだ昨日の話だ。

帰り道、私の想(おも)い出が詰まった商店街で散歩して。

勇気を出して、先輩の頬にキスをして。

〝私が先輩を幸せにします〟なんて、告白同然の発言をして。

あの時の先輩は驚きつつも、嬉(うれ)しそうにしてくれた。

だから私は今日――全部、全部言うつもりだったのに。

「……何かあったのかな」

ポツリと呟く。

昨日の先輩と、今日の先輩はちょっと違う。

その差異は上手く言語化できない。

だけど、これが女の勘というやつなんだろうか。

マイナスな事案が発生した時にしか聞かないような単語に思い至るのは、やっぱり――

私は迷った挙句、スマホをポケットから取り出す。

一度画面を明るくすると、そこからは流れるように指を走らせた。

ラインを開き、トーク欄を遡る。

二回ほどスクロールしてから出てきたのは、那月さんの名前。

那月さんがバイト先を辞めてから結構経つけど、まだ関係は続いている。彩華さんが運営しているアウトドアサークル『Green』合同の旅行で一緒だったし、学内で顔を合わせる機会もしばしばあった。

那月さんのアイコン画像は、海旅行で撮った写真。那月さんの隣にいるのは礼奈さんと、あとは佳代子さんだっけ。

那月さんの交友関係は意外と広い。

音声通話を掛けると、無機質なコール音が鳴った。

夜の帳が下りようとしている住宅街では、ちょっと迷惑かもしれない。電信柱で羽休めをしている椋鳥たちも睡眠中なのか全く鳴いていないし、夜が浅い割に不気味なくらいの静けさが辺りに漂っていた。

イヤホンを装着してから、ちょっと待つ。

やがて耳元で流れ続けるコール音が途絶えた。

電話先に、人の気配。

「あ、那月さん」

私は控えめに声を出す。

「すみません、いきなり掛けちゃって」

『んん、全然いいよ。どした？』

いきなりの電話なのに相手の声がワントーンも高くならないのは、それなりに気を許されている証拠だ。

那月さんとは長い付き合いという訳ではなくても、良い関係を保っている。

温泉旅行を二人で楽しんだ時間が、私たちの絆をある程度深めてくれたのは間違いない。海旅行でも一緒だったし、今は彩華さんを除いたら唯一プライベートで仲良くさせてもらっている年上かもしれない。

そんな那月さんに、早速本題に入ろうとした時だった。

ブチブチッと音声が乱れたと思った途端、那月さんの後ろから別の声が混ざってきた。

『――あ、那月。今電話してる？』
『おぉ早かったね。ちょっと待ってて』
『わかったぁ』
那月さんは誰かと待ち合わせしていたみたいだ。
そして――相手の柔らかい声色には覚えがあった。
脳内に過ったのは、男波女波が砂浜を走る音。
パチパチと派手に散っていく火花。
夏休み、海旅行。
一緒に線香花火を散らせた記憶が甦る。
私は思わず、上ずった声を出した。
「……礼奈さん？」
少しの沈黙。
風が吹き、自分の髪が靡くのを感じる。
『――あれ、真由ちゃん？』
『ちょっと、わっ待ってよ！』
那月さんの焦った声を最後にブツリと通話が切れる。
私が画面を確認した途端、またすぐに那月さんのアイコンから着信がきた。
「も、もしもし」

『あ、真由ちゃん？　私わたし』

声の主は礼奈さんだった。

案の定、電話は礼奈さんにバトンタッチされたみたいだ。

「礼奈さん、今那月さんからスマホ強奪しました？」

『ご、強奪？　してないよ、人聞き悪いなぁ』

電話越しにも礼奈さんがちょっとむくれるのが分かった。

那月さんの『半分合ってるでしょ』とからかうような発言に、『全然合ってない！』と礼奈さんが言葉を返す。

どうやら電話が切れてしまったのは、何かの拍子の出来事だったみたいだ。

私は二人のやり取りに、少し頰を緩ませる。

海旅行の時から思ってたけど、礼奈さんは意外と那月さんに対してはあたりが強い時がある。

それが二人の絆を感じる瞬間で、私はちょっと羨ましかった。

まるで、誰かと誰かを見ているみたいで。

『久しぶりに真由ちゃんとお話ししたくて。元気にしてた？』

「あ、はい。元気ですよ」

言われてみれば、最後に会ってからもう二ヶ月も経つんだ。

それはつまり、礼奈さんと悠太(ゆうた)先輩が顔を合わせていない期間でもある。

彩華さんとも話したことだけど、礼奈さんが先輩の傍から去ったのは諸々の変化から勿論気が付いている。

だからこそ礼奈さんと何を話せばいいのか分からず、私から連絡を取ることができなかったのだ。

つまりこの時間は、私にとって予想外。

スマホをキュッと握って、私は思考を巡らせる。

『悠太くんは元気？』

「へっ」

素っ頓狂な声が出た。

いかに先輩を避けた話題選びをしようか考えていたのに、礼奈さんから訊いてくるなんて意外中の意外だ。

後ろから那月さんが『だから元気だって言ってんじゃん』と不満そうに発言して、礼奈さんが『真由ちゃんじゃないと分からないこともあるもん』と答えた。

……私じゃないと、分からない。

それって何だろう。

私からしたら、那月さんも先輩と同じ学部だったりで羨ましいったらない。

でも礼奈さんにそう言ってもらえたら、やっぱり嬉しい。

認めてもらえたみたいで、勇気を貰える。

『先輩、元気だと思いますよ』

素直にそう言った。

礼奈さんのことだから、自分という存在を引き摺ってほしいなんて考えは持ち合わせていないはずだ。

最近は先輩も落ち着いてきて、精神的に切羽詰まった様子は見受けられない。

就活云々で忙しそうにしてるのは、むしろ心の余力があるからだと思う。

特にマイナス面が思い至らなくてそう返した私だけれど、待っていたのは沈黙だった。

また、沈黙。

そして、次にちょっと驚いた声。

『思いますよって？』

「えっ」

礼奈さんは言葉を繰り返した。

『真由ちゃん、あの人と最近会ってないんだ？』

「いえ、その。全然会ってはいるんですけど」

そう答えながら、私はいつの間にか立ち止まっていた。

ドクン、ドクン。

胸が鳴っているのを自覚する。

『……あ、そうなんだ。うん、元気そうなら良かった』

礼奈さんが静かに言葉を返す。

その声色から、礼奈さんの気持ちは読み取れなかった。

でも。礼奈さんの立場からすれば、ここで断言できない人に任せたくないに違いない。

それを実際言われたとしたら困るけど、私が逆の立場ならそう思う。

私が礼奈さんの立場なら——きっと、彩華さんの方が。

先輩も、もしかして。

……考えるな。

普段はこんなマイナス思考になんてならない。

今こういった考えが浮かんじゃうのも、近日中に想いを伝えると決めてしまったからだ。

これまで経験のない類の緊張感が、普段とは違う思考回路を頭に呼び込んでしまう。

『真由ちゃん？』

「い、一回那月さんに代わってくれませんか。私、ちょっと先に話しておきたいことがあって」

『え？　……うん、分かった』

思考を整理したくて、私は礼奈さんから一旦距離を置く。

……不審に思われたりしてないかな。

元々この電話は那月さんに宛てたものだったし、不自然な会話にはなってないと思うけど。そう思いたい。

『もしもーし。礼奈からスマホを取り返した月見里でーす』

「那月さん！　那月さん那月さん那月さん！」

『おお、なんだいなんだい』

「質問する前の質問なんですけど、那月さんって先輩のこと好きにならないですよね？」

『え？　なる訳ないじゃん』

那月さんが何言ってるのという口調で否定する。

あまりの即答。その口調から信じられるのは勿論、この場に先輩がいなくて良かったと胸を撫で下ろしそうにさえなった。

元々先輩がいたらこんなことは訊けないけど。

『聞こえてるよお』

礼奈さんが不満げな声色で言葉を紡いだ。

……電話先がスピーカーにされていたのを忘れてた。

ということは、私の発言たちは礼奈さんの耳に入った訳で。

後ろにいる礼奈さんがどんな表情をしてるのか、ちょっと考えたくない。

那月さんも居た堪れなくなったのか、数秒黙ってしまった。

やがて、那月さんは軽く咳払いをする。

『……まあ、あの人にいいところがあるのは認めるけど』

「そう、ですよね。じゃあ、その。また掛け直します」

礼奈さんの前では訊けない。

本当は礼奈さんの意見も知りたいけれど、私もそこまで無礼者になれない。

だけど、他ならぬ礼奈さんが待ったをかけた。

『もー、そうやって気遣われるのが一番嫌だ』

「え……」

『真由ちゃん？　私、真由ちゃんとは悠太くんありきで話してたんじゃないから』

スマホをギュッと握る。

嬉しかった。

私も、ほんとはそうだ。

春が終わりを告げる頃にラーメン屋で初対面を果たした際は、まだ礼奈さんを先輩の元カノだと知る前だった。

礼奈さんが『start』に顔を出すようになってからも、私はよく喋(しゃべ)りに行っていた。思わず抱きついたりしてしまっていたのなんて、一度や二度じゃない。

あの行動は、悠太先輩とは全く関係ないものだ。

私は単純に礼奈さんが好きだった。

仲良くしてもらって嬉しかった。

ただそれだけの、純粋な行動だった。

だからといって――悠太先輩という、私たちにとって大きすぎる存在を全く考慮しないのも無理がある。

女子同士、想い人が被るのは致命的なすれ違いに発展しうるしがらみだ。

でも、もしかしたらそんなしがらみも、礼奈さんとなら——

『だから、できればでいいんだけどね？　できれば、真由ちゃんは私に気は遣わないで。今日の今日は無理だと思うし、今は席外すけど』

礼奈さんはそう言った。

今多少気まずくなるのは、必然の事象だと判断してくれたみたいだった。

男子たちと違って、私たち女子はあっけらかんとした関係性の中で育ってきてない。

少なくとも私は小学生の頃から、男子たちの関係性を羨ましいと感じていた。

喧嘩をしても変わらない仲。喧嘩をした方が絆が深まるなんて、私にとっては都市伝説もいいところだ。

私も中学の時、その象徴みたいな経験をした。

彩華さんや明美先輩の引退試合。

数年経ってもたまに夢に見ていたくらいだ。

黒い感情がぐつぐつとお腹の中に溜まってきて、少しずつ漏れ出した結果拗れてしまう。

同じ人を好きになるなんて、最も黒い感情が生まれる要因。

だからこそ私は、そんな黒い感情をものともしない彩華さんに憧れたんだ。

礼奈さんだって色々経験してきたはず。色々経験したはずなのに。

礼奈さんは柔和な声色で言葉を紡いでくれる。
『また醤油ラーメン、食べに行こ？』
「……はい。ありがとうございます」
自分にはない、器の大きさ。
私が逆の立場だったら、こんな気遣いができるのかな。
彩華さんだったら、多分できる。
でも、私は——
『じゃあちょっとお店回ってくるね。那月、あとで合流しよ』
礼奈さんの声が遠くなる。
もう一度お礼が言いたかったけど、先に那月さんが声を発した。
『分かった。ちょっと真由に会ってくるから、駅前でね』
一連のやり取りを聞いていた那月さんの声色は、いつもよりトーンダウンしていた。
「……」
冷静になったら、那月さんとの電話で交わす会話じゃなかったかも。
でも、那月さんとの電話だから心の内を話せる機会を得られた。
後悔はしてない。
那月さんにはまたの機会に食堂のランチをご馳走しよう。
電話先から、礼奈さんの気配が消えるのを感じ取る。

同時に音質が変化し、那月さんのスマホがスピーカーから通常モードに切り替わったのを察した。

私は本題に入ろうとして口を開く。

そしてあることに気が付き、また口を閉じた。

……今、とんでもないセリフが混じっていたような。

「ちょっと待ってください。会うんですか⁉　この時間から⁉」

『会うよ、真由どうせ近場にいるんでしょ。今どこ？』

「アメリカです！」

『嘘(うそ)つけ！』

私は思わずスマホから顔を遠ざける。

いつも〝この時間〟に家に突撃していたけど、あれは悠太先輩だったからな訳で。

『先輩の呼び出しには十秒でだよ！』

「どんなヤンキー漫画にハマってるんですかぁ！」

私の必死の抗議は、虚(むな)しく空へ消えていった。

先輩の家から最寄駅は徒歩十分。

そこから三つ移動した駅が、那月さんから呼び出された場所だった。

私がサンタコスでチラシ配りをしていた場所。

そして、先輩と出逢った場所だ。

今日も街中は人通りが多くて賑やかだ。

チラホラとハロウィンカラーで彩られているお店は、一ヶ月も経てばクリスマスムードに様変わりになるだろう。

最近はハロウィンの盛り上がりも著しいけど、やっぱり本番はクリスマス。仮装よりもプレゼントだ。

そう思案しながら待ち合わせ場所に歩を進めていると、チェーンカフェ店『リターズ』の看板が視界に入った。

ショッピングモール一階にある『リターズ』は、路面からでも店内を確認できる。

初対面の時、先輩と待ち合わせた『リターズ』をすっぽかしそうになったことを思い出す。

色んな想いがあって始めたサンタコスのチラシ配りは、結構過酷な仕事だった。

あんな寒空の下で露出の多いコスプレをして行き交う若者に声を掛ける——男性は大方好反応だったけど、女性からは後ろ指を差されることもあった。

だけど先輩と出逢えたお陰で、今では良い思い出だ。

……先輩もそう思ってくれてたらいいな。

「あっ」

『リターズ』から視線を外すと見慣れた人影がこちらに手を振っているのが見えて、私は小走りする。

待ち人は栗色髪のセミロングを靡かせて、いつもの丸眼鏡を掛けていた。

三日月型の大きなイヤリングがゆらゆら揺れて、カーキ色のニットと相まって秋をふんだんに感じられるコーディネート。

月見里という苗字もあるし、那月さんって本当に秋がよく似合う。

「那月さん。ありがとうございます、その……時間作ってもらっちゃって」

私の挨拶に、那月さんがコクリと頷いた。

「うん、急いで終わらせよ」

「そんな第一声あります⁉」

用意していた言葉の全部が引っ込んで、代わりにツッコミが口から飛ぶ。

那月さんはちょっとだけ笑ってから、諭すような声色を作って返事した。

「だってー、仕方ないでしょ？　礼奈を放置してたら、また男に声掛けられちゃうし？」

「それは……問題ではありますけど！　でもうちょっと言い方もあるじゃないですかー、私だって頑張って移動してきたのに！」

「頑張ったの？　やっぱり位置情報だけ送る感じじゃ難しかった？」

「そういうことじゃないですけどもういいです！　ていうか那月さんたち、今まで何してたんですか！」

　私はブーブー言いながら質問する。

　那月さんは歩き始めて、自然に二人並んで歩く形になった。

「今ねー、学祭の準備で買い出し中。礼奈のサークルのお手伝いでさ」

「あ、学祭ですか。そういえば今年はどこもこの季節の開催ですよね。私も学祭の準備で駆り出され中ですし」

　彩華さんと遊んだ日を思い出す。

　ついこの間のことなのに、何だか遠い過去のような気がした。

「真由もミスコンそろそろだね。ＳＮＳ見てるけど、フォロワーの増え方すごいじゃん」

「えへへ、ありがとうございます。でも元々多かったので、数字に釣られた人が大半だと思いますよ」

「んな訳あるかっての。顔面よ、顔面」

　そういえば悠太先輩からは、まだそのことに言及されてない。

　先月の就活の準備に忙しそうにしている時期から、私が上げるストーリーの閲覧履歴からは先輩のアイコンが消えてしまった。

　先輩のことだし、きっとＳＮＳ断ちとかしてるんだと思う。

　先輩が投稿を見ていないと思うと少し寂しいけど、今は好都合だ。

　私がミスコンに出場することを、先輩はまだ知らないはず。

本番でびっくりさせたいし、できれば内緒にしておきたい。

「真由もミスコンかー。礼奈も出ればいいのになあ」

「え、違う大学の人も出れるんですか？」

「出れるよ、実際礼奈は去年仮エントリーしてたしね。ファイナルになる前に辞退しちゃったけど」

「あ、そうでした。先輩から話を聞いてました」

先輩が礼奈さんとの時間を語る機会はあまりなかった。

それでも先輩と礼奈さんが決定的にすれ違ったのはミスコンがきっかけだったのは、すぐに思い出せるほど印象的だ。

運営の人に手を繋がれたところを、先輩が目撃した事件。

その出来事がなければ先輩に出逢えなかったと思うと、何だか複雑な気分だ。

「学祭って色々起きますねぇ」

「まあ一年に一回のお祭りだしね」

「高校の時はそういうの全然聞かなかったんですけどね」

「そう？　私の高校は結構あったよ」

那月さんはそう言って苦笑いする。

この年になると、結構な割合で何か体験してる。

礼奈さんと先輩の出逢い自体も、確か学祭だったはず。

きっかけは先輩のナンパ。

……ていうか今年の女子大の学祭、秋なんだ。

先輩、今年は女子大に行くのかな。

「そんな話は措いといて。ほい、本題どうぞ？」

急ハンドルを切られて、私の心はつんのめりそうになる。

でも言われてみれば、今日はその話をしに来たんだ。

「よし、もう単刀直入に訊きますね」

私は気持ちを切り替えて、一度軽く息を吐く。

空を見上げると、期待していた光景は視認できなかった。

月も星も分厚い雲に覆われていて、光は全く漏れ出さない。

「……悠太先輩にお似合いなのって、どんな人だと思いますか？」

那月さんが口を閉じて、耳に入るのは雑踏とした音だけになった。

学生のはしゃぐ声や、カップルの甘えた声。

やがて、那月さんは口を開く。

「……え。なに。それが訊きたくてわざわざ会いに来たの？」

「那月さんが呼び出したんですからね⁉」

私はむくれて抗議すると、さすがの那月さんも「ごめんごめん」と素直に謝ってくれた。

「で、なんで私にその質問なの？」

「那月さんって先輩と仲いいじゃないですか。なんか質問するまで時間かかったので拍子抜けかもですけど」

本来はちょっと訊いて、すぐ雑談に戻るはずだった。

というか直に会わずに電話で済むはずだった。

我ながら、改めて質問するにしては程度の低い内容だと思ったから。まさか呼び出されるなんて思わない。

「拍子抜けってほどでもないけど。でも、私は悠太のことなんて分かんないよ？　真由とか礼奈とかに比べたら、悠太の知ってる部分とかほんの少しだし」

「でもでも、学部も同じだし同い年じゃないですか！　フラットな意見だけでもいいんですっ」

訊きながら、自分が元々どんな意図を持って質問したのか解らないことに気が付いた。

どんな答えが返ってきても、私の決意自体は変わらないのに。

那月さんの答えに、私は何を期待していたんだろう。

そもそもこの質問は思案した末のものではなく、どちらかといえば衝動的なものだった。

冷静さを取り戻した今なら、一人で答えに辿り着ける。

——きっと私は、今日ぼんやりと浮かび上がった言いようのない不安を吹き飛ばしたいだけだった。

近日中に想いを告げるため、勇気を少しでも摂取したいだけ。

嫌な予感が脳裏に過った。

こちら側に求めている答えが明確にある時、那月さんは相談相手として結構危ないかもしれない。

何故なら那月さんは、思ってることを何でもスパッと言う人だから。

「分かんないけど。引っ張ってくれる人なんじゃないかな」

「うぇぇやっぱりぃ！　訊かなきゃ良かったですー！」

「な、なによ。お気に召さなかった？」

「そんなことあります……」

「あるんかい！」

「ぶぇぇ」

私はげんなり息を吐く。

那月さんの答えだけじゃ、別にダメージは食らわない。

何となく私も思っていたことだったから、げんなりしてしまったのだ。

「……私、先輩を引っ張ったことあったかなー」

そう呟いて、思案する。

行きたいところに連れ回したりとか、そういう事は沢山あった。

でも那月さんの言うそれは、またニュアンスが異なる気がする。

「じゃあ、引っ張ってくれる人って誰だと思いますか」

今度こそ沈黙があった。

私も思わず訊いてしまっただけで、その答えに浮かんでくる人物は明瞭だ。その人物は、私じゃない。

「すみません今のはやっぱり大丈夫です！」

自分で理解してしまってるし、これ以上は明言してほしくない。

「ええ？　そうはいってもなあ。聞かれちゃったし」

「それがなしって言ってるんですけど！」

那月さんは私の支離滅裂な言動に戸惑っているみたいで、姿を見なくても首を傾げていそうな声だ。

そして、那月さんは言葉を続けた。

「うーん。真由、もしかしてそういうこと？　そういえば新歓の時に彩ちゃんと悠太を取り合ってたけど、あれってやっぱり本気だったんだ」

「え？　……あ」

色々察して、私ははたと立ち止まった。

……私が先輩を好きなことって、那月さんは知らないんだ。

確かに私から明言したことはなかったけど、てっきり礼奈さんから伝わってるものかと思ってた。

五月頃の仮交際を皮切りに、礼奈さんからすれば私の抱える気持ちなんてすでに火を見るより明らかなはずだ。

それなのに礼奈さん、那月さんに伝えてない。

「まあ、私は真由も応援するけど」

那月さんの口ぶりから、彩華さんのことは伝わってたのが判る。

先輩と礼奈さんの別れた経緯を知る人は、必然的に彩華さんの立ち位置も認知する。

那月さんは彩華さんと同じサークルだし、多分どちらも応援するパターンだろう。

私が那月さんの立場ならそのスタンスにする。

「私の話って、礼奈さんから聞いたりしましたか？　その、悠太先輩とのこととか」

「……ううん。悠太絡みはあんまりかな？　話題に出てくる時は、真由ちゃん可愛い〜とかそういう感じだけど」

「そ、そうですよね。うん、それはそれで嬉しいです」

私って礼奈さんから恋敵と認められてなかったんだな。

礼奈さんにとって、彩華さんとの関係性と私とのそれとではまた違うし、仕方ないかもしれないけど。

「ねえ」

那月さんの声は、若干の苛立ちを含んでいるように思えた。

向き直ると、丸眼鏡の奥には予想通りちょっと細まった目があった。

バイト時代から、那月さんはたまに私に対して感情的になる。

私は思わず背筋を伸ばした。

「さっきから何？　真由が悠太にそういう感情持ってるのは解ったけどさ」

「え、解っちゃったんですか⁉」

「解るわよ、今の隠してたつもりだったの！」

那月さんが驚いたように大きな声を出す。

そして周りを気にしたのか、「コホン」と軽い咳払い（せきばら）で誤魔化（ごまか）す。

「とにかく。真由が告白するとして、周りの目とか関係ないでしょ？　らしくないじゃない。猪突猛進（ちょとつもうしん）が真由の良さでしょ」

「周りを気にして訊いたんじゃないですもん。ちょっと自信をつけたかっただけで」

不貞腐れ（ふてくさ）たような答え方になっちゃったけど、ほんとに第三者は気にしていない。

自分を奮い立たせるために強気な言葉を吐いても、礼奈さんや彩華さんの目は気になってしまうが、防ぎようがない。

二人の存在は、それくらい私の中で膨れてしまっている。

だから私は強い言葉を並べる。

仮交際、どちらが距離を縮められるか勝負。

そうやって明確な機会で流れを作った方が、先輩の心を確かめやすいから。

先輩に、私を見てもらいやすいから。

「自信って……私が言うのもなんだけど、真由と彩ちゃんって対等じゃない？」

「……今は対等なつもりです。でもあるじゃないですか、たまにナーバスになる日が。私だってそういう日もあるんです」

「ほう？　つまり今日は、私にヨイショしてほしかっただけだと」

「ぐ……そうです、すみません……」

完全に見透かされて、私は項垂れた。

全部言葉にされると、とっても醜い思考回路のように思えてくる。

那月さんは軽く笑ってから、私に言った。

「ねえ、真由の元カレって元坂くんだよね？」

久しぶりに、チャラ男の中の代表像を想起する。

私はさっきよりも更にげんなりした声を出した。

「なんで今それ訊くんですかぁ」

「なんでそんな嫌そうなの。なんかめんどくさいことあったっけ」

「全然なにもないですよ、髪触られたくらいです。最近は全く連絡も来ないですし！」

「そういうこと言ってるんじゃなくて……まあいいや。確かにあの時のことはあんまり思い出したくないかもしれないけど、元坂君ってかなりの陽キャじゃんか」

「まあ……世間的にはそうですかね」

私の返事に、那月さんは苦笑いする。

「私ねえ、今の真由より、元坂君の方がちょっと眩しく見えるんだよね」

「……え？」

「彼って良くも悪くも、自分がどう思われるか気にしてそうにないじゃん。だから真由も眩しく思う時期あったよ」

「私にも？　いつですか、それ」

「ほら、クリスマスの合コンの時とか。あの時の真由、私たちの目なんて気にしてなかったでしょ？　彩ちゃんにも食ってかかるような目してた」

……確かに、あの時の私は怖いもの知らずだった。

明美先輩から逃げた私は、開き直って彩華さんにも先輩にも誰にも臆さなかった。

自分の深い部分に人を置いていなかったから、気にならなかったのかもしれない。

「今の真由にそういう心持ちが加わったら、全然彩ちゃんにも負けないと思うな」

あの頃の、怖いもの知らずの自分。

正確には明美先輩をガッツリ恐れていたけど、それ以外は確かに今より行動力もあったような気がする。

「……そうですかね」

「うん。それくらいあの時の真由は勢いすごかったよ。剣幕（けんまく）とかさ。喧嘩（けんか）するくらいが丁度いいんじゃない？」

「ヒステリックみたいに言わないでくださいよぉ」

那月さんは想起するように遠くを眺めて、私に大きな瞳を向けた。

「だからさ。お似合いだとかそんなこと気にしないでいいんじゃない？　いつも通り、私がお似合いですって宣言するくらいが真由らしいよ」

──こちら側に求めている答えが明確にある時、那月さんは相談相手として結構危ないかもしれない。

さっきはそう思ったけど。

……前言撤回。

私、那月さんに話してよかった。

自分が知らない自分を、見つけることができたから。

「……はい。ありがとうございます」

「どう？　ヨイショできた？」

「それ言われなければされてましたね！」

むくれた表情を見せると、那月さんはくつくつ肩を揺らして笑う。

心は決まった。

話すだけで頭を整理できたのか、いつも通りの胸中に戻った感覚。

暗がりに包まれていた景色が、一気に明るさを取り戻す。

当初無意識に想定していたやり取りにはならなかったけど、結果オーライだ。

「不覚にもなんか元気出てきました。うんうん、私がお似合いですね、毎日楽しそうです！」

「現金なやつめ……仕方ない、景気付けに今日は特別になんでもご馳走してやりましょう」

那月さんはコロッと表情を変えて、悪戯っぽい笑顔で私の脇腹をくすぐってくる。

那月さんは私と同じく感情っぽいところがあるけど、最近はそこが好きなところだ。

「いいんですか？　じゃあお寿司でお願いしますっ」

「悠太に奢ってもらいな！　選択肢にはラーメンしかない！」

「なんでもって言いましたよね⁉」

那月さんは相好を崩す。

そして、何かに急かされるように自分のポケットを弄った。

「電話きた電話きた」

那月さんがスマホを取り出して、すぐにスピーカーモードにした。

『もしもし。ビデオ通話お願いします』

礼奈さんの言葉がスマホから聞こえる。

那月さんはビデオ通話に切り替えた。

スマホの画面に、人影が映る。

自分にはない美しさ。

彼女の纏う雰囲気に、ちょっとだけ羨望した。

「礼奈さん」

私は声を漏らす。

夏と変わらない、柔和な笑みを浮かべる礼奈さん。

アッシュグレーの髪は肩を越えるくらいまで伸びていて、もうすぐセミロングを卒業しそうな長さになっている。

手入れの行き届いた艶(つや)やかな髪は、画面越しにも——

「……綺麗(きれい)です」

『あ、ありがと。なんかむず痒(がゆ)いね」

礼奈さんは照れたように頰(ほお)を掻(か)く。

大人っぽい雰囲気が弛緩(しかん)する。

だけどこのギャップは、女子にとって大きな武器だ。

私にはない武器。

でも、私だって。

『……真由ちゃん』

礼奈さんがスゥと息を吸って、まるで大事な物を贈るみたいに言葉を紡いだ。

『——頑張ってね』

「……はい。ありがとうございます」

今度はしっかりお礼を言えた。

もう一度、私は夜空を見上げた。

星一つない真っ暗な曇夜。

瞬間、分厚い雲の端が朧(おぼろ)げに視認できた。

夜に雲がはっきり見えるのは、明かりが透けているからかな。

分厚い雲の上から、きっと月が見守ってくれているんだろう。

だったら、頑張らなきゃ。

私の進む道程は、もうすぐ月が照らしてくれるから。

真由にラーメンをご馳走して別れた後、私は礼奈と合流していた。

「会わなくて良かったの？」

チラッと横を見る。

礼奈も丁度視線を返す。

トレードマークのカチューシャを取った礼奈は、数ヶ月前より一層美の印象が強まっていた。

大人な女性。

同い年としてちょっと焦りさえ覚えさせてくる容姿の彼女に、私は小首を傾(かし)げて再度訊(き)いた。

「いいの？」

礼奈は小さく笑う。

僅かに口角が上がるだけで、包容力の塊みたいな柔和な微笑みが完成する。そんな礼奈の表情は、高校時代から変わらないものだ。

「うん。前にね、彩華さんにも塩送っちゃったから。これで平等かなって」

……礼奈らしいな。

「そうなんだ。彩ちゃんと二人で会ってたんだね」

礼奈と彩ちゃん。

悠太を巡ったいざこざのあった二人も、今は色々水に流して交流が続いているようだった。

真由も含めたら、こんな三人を虜にしちゃう悠太がとんでもなく凄い人に思えてくる。

この事実が高校時代に広まっていたら、悠太の人となりが不明瞭な状況下でも、〝なんかこの人も凄そう〟と思い惹かれる女子もいたに違いない。

「彩ちゃんとは結構連絡とか取り合うの？」

「うん、最近たまにインスタでＤＭするんだぁ。この前カフェのケーキアップした時は、彩華さんから反応あったし」

「へえ、そうなんだ」

ラインじゃなく、インスタのＤＭというのがまた彼女たちらしい距離感だ。

「今度二人でカフェ行ってみたいんだけどね。誘う勇気がなくてずっと迷ってるの」

「彩ちゃん、礼奈からの誘いは喜ぶと思うよ」

「ほんと？　ほんとにそう思う？」

「思う思う！」

礼奈と彩ちゃんは、いざこざを経て距離を詰めた。

いざこざが無かったら縁も紡がれていなかったであろう二人は、大人になったらもっと深い仲に発展する気配すらある。

さっき私は、〝喧嘩するくらいが丁度いいんじゃない？〟と発言した。

でも、私がそんなアドバイスを貰ったらきっと拒否反応を示す。

だって喧嘩したら、その時点で面倒事に発展する。

喧嘩した方が絆が深まるなんて、私にとっては世迷言。

喧嘩をした方が絆が深まるんじゃない。

喧嘩を乗り越えたら絆が深まるんだ。

私と悠太も、恐らくそのパターン。

悠太と彩ちゃんがすれ違うのも何度か目にした。

真由と悠太は多分喧嘩したことがない。

私は、あの二人が乗り越えられると思ったから。

「真由ちゃん、元気そうでよかったぁ。ずっと仲良くしてくれるといいな」

多分、これは悠太にも向けた言葉。

……それ以外の道もあるのかな。

私には、わからない。

この四人が、どんな結末を迎えるか。

私は、傍(そば)から全員応援しようかな。

アッシュグレーの髪を横目に、私はメガネを掛け直した。

第4話　泡沫の夢

現（うつつ）か幻か。

過去か妄想か。

時折、曖昧な感覚に襲われることがある。

曖昧な感覚に暫（しばら）く浸っていると、ようやく目の前の光景が現実ではないのが判（わか）った。

同年代であろう男女の二人が正面から向き合っているが、その片方が自分だったから。

目を凝らすと、もう片方も知った顔だった。

アッシュグレーの髪を靡（なび）かせる女子。彼女が元カノだと認識した時、眼前が幻でも妄想でもなく、紛れもない過去であることを自覚する。

二年前の自分が、相坂礼奈（あいさかれいな）に告白する夢だ。

人生初、一世一代の告白。

……そうか。

丁度、二年前のことだったな。

礼奈と付き合った記念日は、多分ずっと忘れられない。

こうして未だに夢に出てくることが、それを証明している。

礼奈が柔らかい笑みを浮かべている。

告白をした後、礼奈が質問してきたのは脳に深く刻まれている。

——なんで私と付き合いたいと思ったの？

——俺が幸せになりたいから。

何度想起しても、素直すぎるあの言葉。

当時の自分は彼女の見透かされるような瞳に飾ることができず、素直な気持ちを吐露していた。

そして赤裸々な言葉を受け入れてもらった瞬間、この為に生まれてきたんだと思わされるような幸福感を覚えたのだ。

二人を眺める今の自分の胸さえ、ジワジワ温かくなっていく。

ずっと続けと願っていた。

だがあの時与えられた鮮やかな花弁は、色を変えて再び胸に咲こうとしている。

そして自分は性懲りも無く、その花を愛でようとしている。

でも、これが俺だ。

いくら自分に正当性を与えようとしたって、辿り着くのは幸せになりたいという願望だけ。
人に対する想いは変移しても、根本的な願いは変わらないらしい。
平凡な人生。
瑣末な出来事から特別を敬遠した人生。
特別を厭悪する訳じゃなく、ただ傷付くのが怖くて避けてきた。
だけど、俺にとって特別な人ができた。
その人と積み上げる時間は特別で、本物だった。
誰にでも特別はある。その特別が、自分を幸せにしてくれる。
自らの停滞で本物が偽物になり、特別が平凡に堕ちるのはままあること。
だけど、この花だけは枯れさせない。
彼女から紡がれる幸せは、きっと自分の中では世界一鮮やかだから。
誰しもが願う幸福がそこにある。
俺は自分が幸せになるために──
呼ばれた気がして、顔を上げる。
目の前にいた人に靄がかかり、いつの間にか姿を変えていた。
光に包まれた彼女を視認して、俺は思わず口角を上げる。
……そうか、お前か。
……やっぱり、違うよな。

世界に光が降り注ぎ、霧散した。

朝起きると、いつもの天井が視界に入った。

数秒、数十秒ぼんやりする。

胡蝶の夢が頭に、胸にぐるぐる渦巻いている。

目を瞑れば今すぐ世界に戻れる感覚。

しかし迷っているうちに意識が覚醒し始めて、俺は仰向けのまま目を見開く。

夢の内容が頭から抜け落ちていく。

「ふぁ……」

軽い欠伸とともに息を吸うと、現実の情報が大量に脳内へ流れ込んできた。

昨夜の記憶。

昨日は志乃原の誘いを断り、一人でゆっくり自分の時間を過ごした。

就活の準備はお休みし、慣れない自炊をしたりしながら、これまでのことを想起して早い時間に眠りについた。

おかげで今朝も目覚まし時計のアラームが鳴る前に起きられたようだ。

窓から朝陽が差し込んでいるが、今日は煩わしくない。

アラームが鳴る前に起きられたのも上々で、一日の始まりとしてはこれ以上ないものだ。

一日講義に集中できそうだな。

ここでアラームの音を聞くと気分が萎えてしまいそうなので、俺は上体を起こして視線を泳がせた。

隣に人間がいた。

「なぁ!?」

人間は薄着で家主のベッドの端に寝転んでいる。

こちらに背中を向けているので顔は見えないが、こんな素っ頓狂な行動を取るやつを俺は一人しか知らない。

「おい！」

「むぁ」

第一声がやたら眠そうだった。

というより、眠りの中で何とか反応したみたいな声だ。

「……おはようございます先輩」

私服姿の志乃原を後ろから覗き見ると、ガッツリ瞼を閉じている。

睡眠中に舞い込んできた呼び声に反射的に返事しただけのようで、まだ目覚める様子がない。

俺は腕まくりして、志乃原の肩を摑む。

「なんでベッドにいるんだよ！　こら起きろ！」

ゆさゆさ揺らすが、身を任されるままで抵抗されない。

柔らかい感触に確かな重量感が加わり、途中で離したくなった。

だがここで離すと志乃原は床へダイブしてしまう。それはそれで面白そうだが、俺もそこまで鬼じゃない。

大袈裟に溜息を吐いて、呟いた。

「もう出禁だな……」

「え⁉」

志乃原は驚いた声を上げた。

そして押せば床に転がりそうな位置から勢いよく起き上がり、こちらを凝視する。

菫色の大きな瞳が不安そうに揺れている。

出禁というワードは予想外だったのか、志乃原は口を拭きながら釈明してきた。

「や、やだなー先輩！　最近機会がなかっただけで、これくらいはいつものことだったじゃないですか？　久しぶりに先輩の寝顔を、いえ温もりを感じたかった乙女心を誰が責められましょう！」

「法的機関が責めてくれるよ。裁判所で会おう」

「訴えられるんですか⁉　私が⁉」

「自己肯定感が凄いな！」

相変わらずの志乃原には安心感すら覚えてしまう。

話していて元気を分けてもらえる感覚は、本人に伝えたら調子に乗るに違いないから言わないけれど。

「でも、ほんとにどうやって家に入ったんだよ。不法侵入甚だしいぞ」

「どうって、鍵開いてましたし……」

志乃原は口を尖らせる。

俺は目を丸くして、玄関へ視線を向けた。

「……そういや、閉めてなかったっけ」

「え？　忘れてたんじゃないんですか？」

「……忘れてたよ。開けておこうなんて思ってない」

「で、ですよね？」

志乃原は釈然としない表情を浮かべた。

俺は志乃原を回り込んでベッドを降り、冷蔵庫へ歩を進める。

空のガラスコップに、一杯になるまで水を注ぐ。

喉の渇きを潤しながら、俺は心の中で自問した。

何期待してたんだ、俺。

どんな夢を見ていたかは、もう思い出せなかった。

第5話　ハロウィンパーティー

ジャンジャカジャンと、流行りの音楽が廊下に鳴り響いている。

医者やゾンビ、チャイナ服や小悪魔姿。

王道のコスプレに身を包んだ学生たちが、陽気な顔で五号館のワンフロアを闊歩している。

今日は一部の学生が待ち望んだハロウィンパーティーの日。

俺は彩華から「パーティー来たら声掛けて？　行きたい場所あるから」と呼び出されていた。

元々今日はハロウィンパーティーの運営に誘われた時から空けていたが、何か改まった用事でもあるのだろうか。

学祭にはまだ二週間以上残っているし、別の用事となれば心当たりがなかった。

それでも俺が迷わずオッケーしたのは、用事もなく呼び出されることに慣れていたからだ。

ザワザワとした喧騒に、俺は思考を中断する。

目の前には大学側の許諾を得ていなければ構内の治安を心配してしまうような光景が広がっている。

開催日が休日と被っているとはいえ、大学側の寛容さが窺えた。

オレンジ、紫、黒とハロウィンカラーの飾り付けたちが、見慣れた五号館を色鮮やかに染め上げている。

壁には飴や駄菓子などの入った袋が所狭しとぶら下がっており、事前準備に相当な時間を要したに違いない。

「うぇーいめちゃ似合ってんじゃん！」

「そっちこそそいつもゾンビに似てるねぇ！」

「誰が元々死にかけじゃ！」

仲睦まじい会話をするゾンビと女医に、俺は頬を緩ませる。

行き交う人たちの表情も同じく緩んでおり、イベントの盛況具合が窺えた。

準備の結果が、皆んなの笑顔。

運営に参加した彩華たちには頭が上がらないな。

女医とゾンビの二人と目が合って、慌てて視線を泳がせた。

俺のように普段着の物見遊山勢もいるが、このフロアでは少数派だ。

するとあろうことか女医が近付いてきて、陽気に話しかけてきた。

「トリックオアア？」

「……トリート？」

「お菓子あげる〜！」

完全なる勢いで飴玉を渡された。

ハロウィンってこんなシステムだっけ。

お礼を告げる暇もなく女医はゾンビの元に戻ってしまい、また雑談し始めた。

……これがハロウィンならではのフレンドリーさか。

この愉(たの)しげな雰囲気は、ハロウィンというイベント感以外にも遠因があるのかもしれない。

ハロウィンパーティーの先には学祭、クリスマス、正月と大きなイベントが盛り沢山。

それらが立て続けに訪れるのだ。

向こう数ヶ月は俺たち学生にとって青春をギュッと詰めたようなスケジュールで、先頭に立つのがこのハロウィンパーティー。

この先に待つイベントに想いを馳(は)せつつ、皆んな浮き立つ気持ちで今を愉しんでいるに違いない。

一年生は学生らしさを味わいに。

二年生は日常へのスパイスに。

三年生はサークル最後の思い出作りに参加している人が恐らく多い。

さっきの女医には見覚えがなかったけれど、下級生だろうか。

このフロアにいる学生は『start』と『Green』、その他『オーシャン』を含めたサークル五団体に限られる。

サークルに属している学生向けのイベントであり、俺もこうした合同パーティーへ参加するのは初めてだ。

だけど二月に彩華と参加したバレンタインパーティーより些か怖い。

自分の性分上、先程のように初対面の人と話す方が気が楽だ。

俺は顔が広い方ではないけれど、顔の広い人たちと仲がいい。

故に友達の友達が会話に参加してくることはままある事象なのだが、その時間がどうにも苦手なのだ。

こういう開けた場では友達の友達と喋る機会も沢山ありそうで、視線をつい泳がせてしまう。

仮装している人が多くて大抵の顔が視認できないものの、顔見知りは声で判別がつく。

そしてその〝顔見知り程度の人たち〟とすれ違う時が一番気まずい。

「あっ」

顔見知りの男子と目が合った。

この半年ほど講義が被っていないので全く話していないが、二回ほど大人数のカラオケで一緒になったことがある。

彼は知らない女子と話していた。

目が合ったからどんな挨拶をするか迷ってしまうが、内容を吟味する時間もなく、せめて「おっす」と口に出す。

すると若干驚いたように「おー」と反応され、互いに立ち止まることなくすれ違う。

……そう、この瞬間が最も疲れる。

かつてクリスマスの合コンで元坂軍団の「チーっす」「ハロハロ」を心の中で笑った俺だが、最近は全く馬鹿にできないと思っている。

まずは顔見知りと気楽に話せないと、深い関係にも発展しない。

高校と異なりクラスという概念が消えた今、軽いノリで交友関係を維持できるのは一つの武器なのかもしれない。

ハロウィンパーティーに参加して五分。

早くも心が疲弊してきた時、やっと遠目に彩華の姿が見えた。

彩華はパーカーにシャツの軽装姿。

パーティー当日にもかかわらず、何かしらの業務を任されているらしかった。

今は仮装姿の女子二人と雑談しているようだ。

「んー……」

彩華と話し込む一人には見覚えがある。

一人は同じ学部なので顔見知りなものの、彩華を通してしか会話をしたことがない人。

しかも最後に会話したのは、先程の男子よりも時間が空いて一年前くらいな気がする。

同じ学部でも、三年生にもなれば履修する講義が殆（ほとん）ど被らないのも珍しくない。

もう一人は分からないが、三人で随分愉しそうだ。

あそこに交ざるのは邪魔になりそうだし、少し気を遣う。

一旦俺は単独行動した方がいいだろう。

とりあえず彩華には五号館に到着したことを知らせておきつつ、あの雑談が終わるまでブラブラしてよう。

雑踏とした人混みの間を縫うように歩き、彩華に向けて一応手を挙げる。

女子二人と話していた彩華は、すぐにこちらに気が付いた。

すると彩華は嬉（うれ）しそうに口角を上げてから、相手方二人に両手を合わせる。

「ちょっとごめん、待ち人来たから案内してくるね！」

彩華の一言に女子二人はキョトンとした。

俺は彩華の発言に内心焦ったが、今度は気合いを入れる時間がある。

彩華の知り合いの手前、ビシッと挨拶してやる。

そう決意したところで、女子二人は同時に俺を見た。

「あー、なるほどねぇ」

何故（なぜ）か二人ともニヤニヤしている。

「おっけー、じゃあまた。楽しんで」

「悠太（ゆうた）君じゃん、なんか久しぶりに見た。なんだ、まだ彩華とラブラブなんだぁ」

「もーそんなんじゃないってば！」

女子二人の軽口を、彩華はいつものように否定する。

そしてこちらに小走りで駆け寄ってきてくれた。

彩華越しに、後ろの二人が俺に向けて手を振ってくる。

俺も口角を上げて挨拶を返し、去っていく二人を見送った。

彼女たちの姿が見えなくなったところで、目の前の彩華に視線を向ける。

「挨拶完了だぜ」

「私への挨拶そっちのけじゃない。加えてデレデレしてるし」

「友達にも挨拶しないと不自然だろ？」

「順番と顔面の話をしてるんだけど。まあいいや、そんなに話したいならあの子たち今から呼びましょうか」

「それはちょっと！　ごめんて！」

慌てて言うと、彩華は「冗談よ」と笑う。

一応俺は、空気を入れ替えるために大きめの咳払い（せきばら）をした。

「ゴホン！　よー彩華、ごめんな話中断させちゃって」

「なに今合流しましたみたいな顔してんのよ、よくその顔できるわね！　色々間違えてるから！」

「ごめんなさい！」

瞬時に頭を下げ、面接後のように深くお辞儀をする。

彩華は周囲から見物されるのを嫌がってか、すぐに「ちょ、早く頭あげて」と促した。

顔を上げると、彩華は軽く睨んできている。

俺には判る、絶対にまた冗談ぽく怒る気だ。

「悠太」

「はい」

「私に真っ先に挨拶できなかった理由は？」

「顔見知りに挨拶くらいできなきゃ社会人として生きていけないと思った」

「……絶妙に批判しづらいわね」

彩華は不満げな表情を浮かべて、小さく笑った。

「まあいいわ、ほんとに殆ど冗談だし」

「そうか、よかった。殆ど冗談で」

「うん」

彩華は頰を緩めて、髪を耳に掛けた。

シルバーの小さなピアスが大人の輝きを放っている。

「ていうか、ほんと冗談よ？　こっちこそ悪いわね、来てもらっちゃって」

「いや、俺はいいよ。息抜きになるし、ハロウィンらしいイベントに一回は参加してみたかったし」

「そう言ってくれたら嬉しいけど。ほんとでしょうね」

俺は肩を竦めて言葉を返す。

「せっかくの休日なら楽しみたいし、ほんとだよ。帰ってからも時間はあるんだから、ちょっと参加するだけで思い出になるならお得だろ」

「そっか。なら良かったわ」

俺の返事に、彩華は頰を緩めた。

「そういや、誰と話してたんだ？」

「中学時代の同級生よ。学祭について頼み事をね」

そう答えた彩華は、不意にフッと口元に弧を描く。

「ねえ」

「ん？」

「さっきはそんなんじゃないって言ったけど。どう思う？」

——先日の情景が脳裏に過る。

零時過ぎ頃の記憶を想起しかけて、俺はブンブンかぶりを振った。

「分かりません記憶にもありません！」

「何思い出してるのか知らないけど、変態とだけ言っておくわ」

「理不尽！　絶対に大理不尽！」

俺はこれ以上考えないように瞼をギュッと閉じた。

しかし、あっけらかんとした笑い声で俺はすぐに目を開ける。

「別に責めてないでしょ。そういう感情引き出したのは、他でもない私だし」

彩華は余裕のありそうな笑みだった。

対照的に俺は余裕があるとはいえず、真っ直ぐ見るだけで精一杯。

何というか、いつも通りには全然なれない。

「……逆になんで彩華はそんな余裕そうなんだよ。変に気まずくなるのは俺だって嫌だけどさ」

彩華は以前と殆ど変わらないように思える。

俺が逆の立場なら死ぬほど空回りしそうだ。

それほど自信があるということなのだろうか。

しかし彩華は頰を軽く指で搔いて、苦笑いする。

「んー。言っちゃったら、もう隠すものもないし。だからかな」

「……なるほど、そういうことね」

「うん」

俺は鼻を指で搔く。

……平気に見えるだけか。

いつもならそれも見破れたかもしれないが、俺自身も冷静になりきれていない証拠だ。

「まあ普通に話す分には余裕よ？　この通り――」

その時だった。

誰かが俺の背中にぶつかった。

バランスを崩し、彩華の方向につんのめる。

「うわっ」

彩華との距離が近くなり、俺は目を見開いた。

毛穴一つ確認できない卵肌に、天然の長い睫毛。

……先週から時間が空いたせいか、至近距離の彩華をジッと凝視してしまう。

その場から動けずにいると、彩華は軽く胸を押してきた。

「……だからってドキドキしない訳じゃないから」

「いや、その。悪い、後ろで誰かから押されたんだよ」

「いーや、自分の意思でつっこんできたように見えたわ。だっておかしいじゃない、最近多すぎよ。高校の時はこんなこと全然無かったのに」

そう言った彩華は、ハッとしたように眉を顰めた。

「……まさかあんた、そうやって真由にも突っ込んでるんじゃないでしょうね！」

「んなわけ——」

——不可抗力で何回かあったような。

「歯食いしばりなさい……」

「うおお待て待て待って⁉　〝害悪の告知〟刑法第２２２条脅迫罪！」

「すっかり知識に定着させてんじゃないわよすっとこどっこい！」
仮装した学生が殆どのフロアから脱出し、私服姿の俺たちが走り回る。
イベント事から日常へ。
だけど俺は、イベントよりもこの日常の方が好きだ。
イベントの和気藹々とした雰囲気が嫌いなのではない。
ただ誰の目も気にせず喋るこの時間が、それ以上に愉しいから。
立ち止まると、彩華が俺の肩を摑む。
「……捕まえたっ」
振り返ると、ニヤリと口角を上げていた。
大人になっても、この時間があるといい。
特別な日じゃなくとも、アルコールに酔わずとも。
かつての青い日のように、ただのバカになれる日が。

第6話　エントリー

十一号館八階。

五号館のワンフロアとは打って変わり、休日ならではの閑静な雰囲気が流れている。

この休日に彩華（あやか）と過ごすのは、会いたかったからという至って単純な理由が大きい。しかし裏を返せば、それ以外にも理由があった。

それはハロウィンパーティーに参加するという目的ではない。

今日の俺は、一応彩華に呼び出された身なのだ。

つまり何故自分がこの十一号館に連れて来られたのかはまだ分かっていない。何故なら待ち合わせ場所は五号館だったから。

「なあ、なんでハロウィンパーティーから出てきたんだ？　一応ハロウィン楽しむものかと思って、俺お菓子も用意してたんだけど」

「自分から会場飛び出しといてよく言うわ」

「それは身の危険を感じたからだな！」

「あんたが分かりやすいからよ！」

彩華はこともなげに言葉を返す。

今更分かりやすいのはどうにもできないので、訊く時は自己責任でお願いしたい。

「実際あんた、充分楽しんだでしょ？　お菓子もらってるんだし。誰から貰ったのよその飴」

俺は片手に転がしている飴の封を開き、飴玉を口に放る。

少年時代にお世話になった甘さに浸りながら返事をした。

「知らない人から貰った」

「知らない人から物は貰っちゃいけません。捨てなさい」

「今の光景見てた？　舐め始めたばかりなんですけど？」

彩華はジトっと目を細めて、溜息を吐く。

「いいから黙ってついて来なさい」

「…………」

「黙るな！」

「ダブル理不尽！　理不尽の権化！」

口から飴が吹っ飛びそうな勢いで抗議する。

瞬間、飴玉が彩華に向けて発射される。

……ほんとに吹っ飛んでしまった。

しかし動体視力に長ける彩華は、見事反射的にパシンと手で払い落とす。

俺は飴玉がコロコロ転がっていくのを、軽く絶望しながら眺めた。

「あ、ごめん。つい」

「俺の飴………」

「そ、そんなに落ち込まないでよ。あんたが吐き出したんじゃない」

彩華はそう言って、飴玉に近づいて拾い上げた。

「これ、まだいる？」

「いらねえよ。てかお前そんなもんよく触るな」

「別に、あんたのだもん」

俺は目を瞬かせる。

先程の仕返しに、掠れた声で呟いた。

「……どっちが変態だよ」

彩華は目をパチクリさせる。

一秒、二秒。

ボッと頬が赤くなった。

「──は⁉　いやっちがっ、そういう意味じゃないから！　例えばほら、犬が道端に食べてたドッグフード吐き出したらそれを処理するのは飼い主の仕事でしょ⁉」

「ふざけんなっその例えめちゃくちゃ失礼だぞ⁉」

「あんたこそ謝りなさいよ、乙女に失礼したと──」

「乙女？　乙女ってのはか弱い――すみませんでした」

辺りを見渡す仕草で煽ろうとした俺だったが、彩華のギロリと迫力のある眼光を視認し、反射的に謝罪が出る。

成功したかに思えた仕返しは一瞬で鎮圧されてしまった。

彩華は軽く息を吐いて、ポケットから取り出したティッシュで飴玉を包み、数メートル先に設置されていたゴミ箱へ入れる。

俺はそれを後ろから眺めた後、彩華の元へ歩を進める。

飴玉を捨ててくれたことに感謝しつつも、ちょっとしか味わえなかったことが残念だ。

かといって自分で飴玉を買うほどの熱もなく、数分もすればきっと記憶から消えているだろう。

「ねえ、念のために訊いておきたいんだけどさ」

「なんだよ」

不貞腐れたように言葉を紡ぐ。

しかし、次の発言は予想外だった。

それは、不意の一言。

「――あんた、もう答え決まってたりする？」

思わずその場に立ち止まる。

彩華はこちらに振り返り、小首を傾げた。

「なに。まだ考えてもいなかった？」

「……いや、その。学祭の時までに、自分の中で結論づけるつもりだったから」

「そう。……まあそりゃ、まだ決められないわよね。だから私も学祭までって言ったんだけど」

「それは――」

「解ってるわよ。言ったでしょ、あんたが真由と迷ってることくらい知ってるって」

俺は口を開けて、閉じた。

……こういう時、何て言うのが正解なんだ。

彩華に対して気持ちを誤魔化すつもりは皆無だし、先ほどのことから仮に誤魔化そうとしたって見破られるのは明白だ。

だからこそ、今この場で発言するのが良いことだとは思えない。

脳内をぐるぐる回っている思考。

付き合う人は、好きな人。

ずっと一緒に、いたい人。

それとも、他に――

「ま、その調子じゃしっかり学祭までかかりそうね」

「……こういうのってあんまり時間かけるべきじゃないって考えもあるんだけどな」

彩華は暫く俺に視線を送った後、目尻を下げた。

「別にいいわよ。夏休みの宿題ギリギリに出すタイプの人間に、締切伝えたのは私だし」

「失礼な。最近は頑張って結構余裕持って進めてるんだぞ」

「知ってるっての。でもあえてこの場で頑張ってなんて言ったのは、元々の性分に合ってないからでしょ」

ど正論をぶつけられて、俺は「それは」「いや」とモゴモゴ口籠る。

反論しようにも言葉が全然出てこない。

不意に訪れた切迫感に、僅かに動揺しているのかもしれなかった。

「気にしないで。半分は冗談だから」

「じゃあ半分本気じゃねえか」

彩華は軽く笑って、歩を進めた。

どちらかというと、彩華から話を切り上げた形になった。

もしかしたら、今しがたの質問は衝動的な側面もあったのかもしれない。

……当たり前だ。

告白待ちの状態で、答えが気にならない訳がない。

それが普通の精神状態。

だからこそ疑問だった。

「なあ、彩華」

「なに？」

「なんで答えは学祭にするって言ったんだよ」

彩華はチラッと視線を俺に寄越し、前方に流した。

数秒、無言の移動が続く。

やがて彩華は静かに言葉を返す。

「……そっちの方が気分が盛り上がるからよ」

「盛り上がる？」

一度で理解できず、思わずおうむ返しをしてしまう。

「そ。美味しいもの食べて、華やかなステージを見て。年一の非日常の締めくくりが、日常を重ねてきた上での非日常なんて素晴らしいじゃない。答えがどちらでもいい思い出作りになるわ」

「……なるほど」

その言葉から、全てを理解はできなかった。

だけどこれだけは解る。

どう転がっても、俺たちの関係は大人になっても続いていく。

だからこそ、〝思い出作り〟という単語が出てきたのだろう。

……本心だ。

彩華の発言は、紛れもない本心。

ただ、本心が混じっているだけ。

「他には？」

彩華の肩がピクリと揺れる。

そして、今度は恨めしげに俺に目をやった。

「……こういうデリケートな時は察し悪くても大丈夫なんだけど？」

「今更言うなよ。高校時代からこうだろうが」

「……まあそうかもしれないけどね」

高二の時を思い出したのか、彩華は口を尖らせる。

彩華は見透かされたことに若干不貞腐れた様子だった。

俺なんてその何倍も見透かされてきたと思うのだが、触れられたくない部分だったのだろう。

「まあ、嫌なら無理して答えなくていい」

「そう？　ありがと」

「やっぱ言って」

「どっちなのよ！」

彩華は嚙み付くように言葉を返して、観念したように息を吐く。

そして、ゆっくり言葉を連ねた。

「……フェアにするためよ」

「フェア？」

そう返すと、彩華は首を縦に振る。

「うん。私、自分のしたことは解ってるつもりだし」

「……何の話だ？」

「……先週、夜の十二時回ってすぐにあんたの家に行ったでしょ」

その話か。

俺は黙って耳を傾ける。

「一応、インターホン鳴らす一分前まで真由との勝負の日だったから。反則じゃないだけで、正々堂々かと問われたら否。私は約束の穴をついた。それくらいの自覚はある」

彩華は髪を梳いて、真っ直ぐこちらに視線を送った。

「だからせめて——最後だけはフェアでいないと。そうじゃないと多分、私は自分のことが嫌いになる。一度自分を嫌いになったら、あんたと付き合っても……多分ずっと、あんたとの時間にノイズがかかる。それじゃまるで意味ないわ」

その声色は、いくらか冷淡だった。

他でもない自分自身に向けた声だからこそ、冷淡な感情が乗るのが解る。

何年も連れ添った関係性。俺たちが培ってきた明確な垣根を、あの日確かに飛び越えた。

そのきっかけを半ば強引に作ったことを、彩華は毎日想起しているのだろう。

「じゃああの時、途中でやめてよかったな」

「……そうね、そこはあんたの理性に感謝ってことで。その時はその時って答えたけど、今思えばちょっと浅はかだったたわ。冷静じゃなかった」

だったら、あの時止めてますます正解だった。

自分が自分であるために。

俺の知る限り、それを誰よりも意識している彩華だからこその葛藤だ。

「彩華らしいな」

「どこが？　いつもの私なら、最初からあんなことしないと思うけど」

「目的を優先するためにな。でもこうやって省みる。その一連は彩華らしいだろ」

「う……」

彩華は物事の優先度をしっかり自分の中に設定し、最優先に向けて実直に動く。

彩華の口から〝自分を優先しろ〟という言葉を聞いたのは一度や二度じゃない。

中学時代は自分を優先する機会が多かったと聞いたし、今回も垣根を飛び越えた先を見るのを優先した結果、俺の家に訪れたのだ。

しかし──たとえ想いを叶える道が見えたとしても、気に食わなければ進まない。

綺麗事を甘いと吐き捨てても、完全には捨てきれない。

「そういうところが、お前らしいよ」

彩華は複雑そうに口を窄めて、僅かに頬を赤らめた。

そして控えめな声で言葉を返す。

「……自分らしさが分からなくなった時は、私がいるって言ったわよね」

「おう。忘れんなよ、逆も然りだってこと」

自分で修正してしまう彩華にはあまり必要ない言葉かもしれない。

だけど彩華が自己判断する上で、俺が些細でも思考材料になるのなら——傍にいるだけでも、意味は確かに在るはずだ。

彩華は目を瞬かせて、口元に緩やかな弧を描く。

そして、おもむろに歩き始める。

進む場所は分からない。

だけど彩華と歩く先の未来は、きっと。

「……ねえ。前に自分の行動に責任取るのが大人って言ったの覚えてる？」

「おう」

「ここで帳尻合わせておかないとって気持ちもあるの。仮に付き合ったとして、その後に罪悪感取っ払おうとするのはあんたに迷惑かかるからね」

仮に付き合ったとして、か。

……そういう未来が、本当にあるんだな。

俺たちの関係性の到着点の一つに、そんな未来が。

前方を歩く彩華は、絹のような黒髪を靡かせている。

先日彩華と高校へ帰還した際は、かつての姿と被って見えた。

だけど今は、被らない。

俺たちは大人に近付いた。

今の彩華と、俺は——

特に行き先に心当たりのない俺は、黙って彩華について行く。

たまにすれ違う学生が彩華と知り合いなのか、挨拶したり俺に視線を飛ばしてきたりする。

先程までの会話は一旦流れ、今はいつもの雑談に落ち着いていた。

最近のサークル活動やバイト、就活などの日常生活においての話題のほか、どうにもならないくだらない話。

そんな中で辿り着いたのは、打ち合わせで利用されていそうな個室が並ぶ廊下だった。

廊下側の壁はガラス張りなことから中が一目瞭然だが、ホワイトボードや長テーブルはどの個室にも常備されている。

ところどころ人で埋まっている部屋を横目に、俺たちは廊下を移動する。

最奥部には、重厚なドアが構えられていた。

この部屋だけしっかり施錠されているようで、開けるにはパスワードが必要らしい。ドアノブの上に電子番号を入力する箇所があり、何でもいいから番号を打ち込みたい気分になった。

「そういえばあんた、仮装しないの？　レンタル用がまだ余ってるはずだけど」

彩華はスマホを操作しながら、こともなげに訊いてきた。

「え？　いいよ、今更恥ずかしいし。そういうお前こそ運営側なんだし、皆んなに楽しむ姿見せてた方がいいんじゃないのか」

「それはあんたが見たいだけでしょ」

彩華はスマホをスクロールしながら言葉を返す。

俺は頭を掻きながら、「うーん」と唸る。

「見たくないと言えば嘘になるけど。俺が見たいっていうより、皆んなが楽しめることを理由にした方が聞いてくれる確率が上がると思ったから」

「思考回路全部漏らしてどうすんのよ」

俺が誰かに言ったようなセリフとともに、彩華は呆れたように笑みを浮かべる。

そしてスマホをポケットにしまい、ドアにそっと手をついた。

黒いドアはこのフロアの中でも特に重厚そうで、中から音漏れなどもなさそうだ。

「……まああんたの言う通り、この部屋で着替えるのも悪くないかもね」

「は⁉」

「冗談よ」

俺の反応に面白そうに笑いながら、彩華は慣れた手つきで番号を入力し始める。

どうやらさっきはパスワードの番号を確認していたようだ。

六桁の番号にピッと電子板が反応し、すぐに開錠された音が鳴る。

ガチャリと開かれたドアの向こうには――

「あれ、先輩！　何で？」

ドア付近のテーブル席に、志乃原が座っていた。

鎖骨や肩の肌を出したワインレッドのニット姿だ。

志乃原は俺たちを見るなり椅子から弾けるように立ち上がり、こちらに駆け寄ってくる。

「先輩今日参加する予定だったなら言っといてくださいよ、私迎えに行ったのに！」

「あー……ごめん。俺もまだここがどこか分かってない」

「えーっ、まあ確かに今日はいつもと違う場所ですけどぉ……ってやば」

「だから何してるかも分かってないんだって。ていうか真由こそなんでいるんだよ」

志乃原は目をパチクリさせて、彩華に視線を送る。

そして観念したかのように教えてくれた。

「彩華さんから聞いてないいんですか？　只今絶賛ミスコンの準備中ですよ」

俺がどういう了見だと彩華に目をやると、彼女は肩をすくめた。

「そういうこと。ミスコン出る人は今日皆んな参加してんのよ。ほら」

彩華が視線を泳がせると、確かに容姿端麗な学生がこちらを興味深そうに眺めている。

どこか彩華に似た雰囲気を持った黒髪美人や、小動物を彷彿とさせる茶髪ボブ、同い年で違う学部の有名人。

そして此処にいるのはミスコン参加者だけではないようだ。

那月や藤堂、『Green』代表の樹さんなど見慣れたメンツがチラホラ見受けられる。

『Green』『start』に関してはサークル主催のハロウィンイベント当日だというのに、準備とやらを優先してるのか。

俺が周りを観察していると、彩華が皆んなに向けて口を開いた。

「こっちはただの見学だから、気にしないで続けて～」

俺に注がれていた殆どの視線はあっさり外れて、各々の作業に戻っていった。

藤堂や樹さんも軽く手を振ってきて、すぐにＰＣに向き直る。

さすがの先導力だな。

俺は感心しながら、再度部屋に視線を泳がせた。

高校の教室くらいの広さのこの部屋では、木彫の長テーブルが四角形を形成していた。

パイプ椅子はザッと数えても四十脚はあり、大規模な会議室にも使用できそうな部屋だ。

那月がせっせとタイピングしているのを視認して、俺は彼女に近付いていく。

那月の手元に置かれている書類の一部を覗き見ると、どうやら学祭の時間割のようだった。

「へー、学祭の時間割ってもう決まってるんだな」

「悠太。もう一ヶ月切ってるし、当然だよ」

那月は画面から視線を外さずに返事をした。

「ミスコンとかの時間は書いてないけど？」

「それはミスコンの運営で必要だから貰っただけの紙だから。まあ本来もうそのしおりにも全部記載されてなくちゃいけないんだけど、色々遅れちゃってるんだ」

那月はタイピングを中断し、こちらを見上げる。

セミロングくらいあった髪はショートボブに戻り、髪色も若干明るくなっていた。

那月はカーキ色のアウターを肩に掛け直しながら、言葉を続けた。

「真由もさっき言ってたけど、私も今準備中なの。端的に伝えると、悠太は部外者ってこと。バイバイ」

「辛辣すぎない⁉　いや確かに部外者なんだけど、もうちょい婉曲に伝えてくれよ！　俺だって好き好んで来たんじゃないし、さっきも見学って紹介されたし！」

「じゃあ手伝ってくれるってこと？」

その一言に、俺は思わず彩華に目をやった。

もしかして人手が足りずに俺をハメたんじゃなかろうか……いやそれはないか。

さすがにこの状況下でそんなことはしないだろう。

彩華は俺の視線に気付くと、口角を上げた。

「那月〜ちょっと悠太預けていい？」

「な⁉　俺は保育園児か！」

「ちょっとの間だから、ね！」

「那月も俺の母さんか！」

彩華はクスクス笑って、数メートル隣に用意してあったPCを開く。

……もしかしてガチで手伝わせるつもりか。

元々今日はハロウィンパーティー用に遊ぶ心づもりで時間を空けていたし、実生活へのダメージは皆無なのが逆に憎い。

彩華の依頼に、意外にも那月はすんなり「はーい」と頷（うなず）き、俺に書類を手渡した。

「はい、じゃあ手伝って？　丁度男子の意見も訊きたかったところだし」

「待て、何の話だ！　今絶対俺の知らないところで俺が売られただろ！」

「さあね〜」

那月はサッサと手際よく書類を俺の前に並べていく。

カラー写真がいくつも載ったチラシだ。

「いい？　雛形（ひながた）のチラシが数種類あるから、これに誤字脱字がないかチェックしてほしいの。ツールで一通りチェックしてからプリントアウトしてるけど、万が一があるからね」

「ええ……いやまあそれは全然いいけどさ……」

「ありがと」

那月はあっさりお礼を言って、自分の仕事に戻ってしまう。

隣の隣の席で、こちらに来ようとする志乃原が彩華に押さえつけられているのが見える。

おかげで本当に作業ができてしまいそうだ。

視線を落とすと、校正用のチラシはミスコンの紹介文だった。

派手な装飾の中に六人の集合写真、一人一人の紹介文が掲載されている。

どうやら今年のミスコンは計六人が出場予定のようで、記事によれば例年と変わらずらしい。

例年と違うのは、男子の出場するミスターコンの部・ミスコンの部と、それぞれ時間が全く分かれていること。

ミスコンには全く縁のない生活をしていたので知らなかったが、元々男女のペアでステージを闊歩(かっぽ)していたようだ。

去年は礼奈(れいな)も仮エントリーしていたが、もしかしたらファイナルエントリーを辞退するのはそんな理由もあったのかもしれない。

このチラシに掲載されている人たちは、ミスコンのファイナルエントリーになった人たちのみ。

俺は六人の名前に目を通した。

エントリーNo.１　香坂理奈(こうさかりな)

エントリーNo.2　七野優花
エントリーNo.3　戸張坂明美
エントリーNo.4　宮下梨奈
エントリーNo.5　秋山日南
エントリーNo.6　志乃原真由

「……那月」

「なに？」

「ここ、何人か俺の知り合いがいるみたいだけど」

「あれ？　真由が出るの知らなかったっけ？」

那月はタイピングの手を止めて、俺に向き直った。

俺は那月に近づき、チラシをピラピラ揺らして一つの名前を小声で言った。

「そうだよ、なんで俺今まで知らなかったんだ！　……まああいつが出るのは全然いいんだけど、明美も出るなんて知らなかったぞ」

明美の姿はこの部屋には見当たらない。

志乃原の軽いイップスにまでなった過去を知るのは、此処では俺と彩華だけだ。

彩華が何の確認もなく明美を素通りさせるとは思えないが、志乃原は本当に大丈夫なんだろうか。

「え、明美さんと知り合いなのに？　あれだけＳＮＳで告知されてるのに知らなかったの」

俺はチラシをピタリと止める。

「俺最近インスタとか見てないんだよな。……もしかして周知の事実だったか」

「さすがにそこまでではないけど。でもそれなら知らなくても無理ないか」

納得したように言った那月は「渋い顔してるけど、なんか不安要素あるの？」と付け足した。

「いや……うーん」

俺は自分のこめかみを人差し指で押し付け、思考を巡らせる。

明確な不安がある訳ではない。

明美は梅雨明けを境に丸くなった。

そして元坂との交際を経て、明美が変わりつつあるのは判る。

だけど志乃原を想えば、やはり心配してしまうのが正直なところだ。

「明美さんって真由と何かあったんでしょ」

「え？」

俺は驚いて思考を中断した。

那月はテーブルに肘を置いて俺から視線を外し、口を開いた。

「真由も明美さんもギリギリ滑り込んでエントリーした感じだったから、二人だけでミスコンの説明会を受けたんだよね。その時の真由の顔見てたら分かったよ、二人の間に何か

明美先輩を打ち負かすチャンスだってさ」


あったんだって」

　那月は想起するように上を見る。

「でも後から本人に聞いたら、むしろ真由は息巻いてたよ？　明美先輩を打ち負かすチャンスだってさ」

　那月の声色は、全く心配してなさそうだった。

　それは志乃原が本当に強い心持ちだったからに違いない。

　梅雨明けの綺麗なバスケットボールの放物線を思い出す。

「……そうか、お前も乗り越えたんだな。……分かったよ。じゃあ俺からは何もない」

「そう？」

　俺は頷いて、チラシに視線を戻す。

　志乃原と明美、二人が隣合って集合写真に写っている。言われてみれば、志乃原に萎縮した様子はない。

　かつては顔を見ただけで表情が強張っていたのだから、那月の言葉は恐らく真実だ。

「過保護だねぇ」

「そんなんじゃねえよ」

「ふふ」

　那月は頬を緩めて、メガネを掛け直す。

俺は気恥ずかしくなり、話題を無理矢理転換した。

「つーか、那月が此処にいるのも意外だわ」

「え？」

那月はキョトンとした顔をした。

話を変えたとはいえ、今のは那月を視認した時から思っていたことだった。

出会った頃の那月はこういう準備事には参加しないか、参加しても後ろから眺めているイメージだった。

それがこうして休日の大学に来てまで準備をするなんて、何か心変わりがあったとしか思えない。

「休日のミスコンの準備に精力的なんて。何かあったのか」

「んー、まあ彩ちゃんにヘルプで呼ばれたからね」

「彩華に？」

俺が聞き返すと、那月はテーブルから肘を外して軽く身を乗り出した。

「聞いてくれる？　学祭の実行委員会も人手不足で色々大変らしくてさぁ」

「へえ、どこの業界も大変だな」

「そうそう……って適当に返事すな！」

「ごめんごめん」

那月は椅子の背もたれにドカッともたれて、口を尖らせた。

「彩ちゃんたちは本来ミスコン出場者のドレスの準備だったり宣材写真だったり、対外的なものとかをサポートするチームだったんだ」

「へえ、対外的。全部やるんじゃないんだな」

「そうそう。元々実行委員会はいくつかのレイヤーに分かれてて、私たちの担ってる部分はあくまでほんの一部だったの。だって元々三人しかいなかったんだよ？」

ほんの一部だったという発言。そして部屋にいる大勢の学生。

その全てが、現状を指し示している。

「なんか委員会が内部で色々揉めたみたいで。進捗が鬼ほど悪くて、このままじゃ間に合わないーって。それで彩ちゃん率いる三名にチラシ作成とか当日のスケジュール内容とか、予定にないこと雑に振られちゃったみたいで」

那月はプリプリ怒っていたが、俺は驚きでそれどころじゃなかった。

「え、ちょい待って。元々三人しかいないのに、それでこの人数集まってんのか？」

話の腰を折られた那月だったが、嫌な顔もしないで頷いた。

「うん、他でもない彩ちゃんの一声だしね。ほんとはもっと手が上がったみたいなんだけど、短期間だと統制も取りづらいからってこの人数に落ち着いたの」

「やっぱあいつ半端ねえな……」

思わず感心の声が出る。

仮に俺がその立場なら、協力してくれる人たちなんて片手の数が満たせれば泣いて喜ぶくらいだ。その指に交じっている人たちが大量に呼んでくれそうなのはさておいて。見たところ『Green』の人たちが多いし、気心知れた人を中心に選んだのだろう。

那月もそのうちの一人という訳だ。

「でもまあ那月のことだし、助けたい気持ち以外にもあるんだろ」

「私を何だと思ってるの……正解なのが悔しいわ」

那月は歯嚙(はが)みしてから、「理由はこれだよ」と書類の一枚を見せてくれた。

書類にはミスコンの服装リストやスポンサーなどが記載されている。

スポンサーの名前には、地元の企業から大きめの企業の名前もあった。

「おお、すご……対外的って、もしかしてこの企業たちとコンタクト取れるのか」

社会人とのやり取りも発生するとしたら、案外貴重な経験になり得そうだ。その思考回路と同じらしく、那月は淡々と教えてくれた。

「そうそう。一部の間では、実行委員会がちょっとした裏ルートにもなってるの。A社とB社は、この運営に携わるだけで一次面接は免除されるって噂(うわさ)。そうじゃなくても、面接で関わったエピソード話すだけで高得点だろうしね」

「へえ……それはちょっと、いやかなりでかいアドバンテージだな」

一次面接や二次面接は会社によってはふるい落としを目的にしている。

それが一部でも免除される企業に複数接触できる。

確かにかなり時間対効果が高い。

そう考えていると「那月、説明ありがとう」と彩華の声が耳に入った。

彩華が自分の仕事を終わらせて、こちらに近寄ってくるところだった。

「ううん。彩ちゃんの武勇伝しっかり伝えたからね」

「そんなことは全然頼んでないんだけど」

彩華は溜息を吐いて、俺に向き直った。

「そういうことよ。どう？　前に誘ったハロウィンパーティーの準備より、あんたに直接的なメリットがあると思って」

「おー……結構、いやかなりありがたいな。インターンじゃ得られない経験もありそうだし、実質インターンの数盛れるようなもんだし」

元々この時期に参加するインターンは数が限られている。

弾が増えたとしても少し先の話だ。

この十月から十一月の期間に限れば、就活においてのタイムパフォーマンス面では最高といっても過言ではない。

加えてそんな有意義な時間をこのメンバーで過ごせるのは、単純にワクワクする。

「那月も就活とかを視野に入れてここに参加してるのか」

そう訊くと、那月は軽く頷いた。

「私は掲載されてる会社には興味ないんだけどね。それでも面接のネタにはなると思うし」

「まあ確かに、認知度高い分サークルでこれ頑張りましたって言うよりは説得力出るか」

「そうそう。単純に貴重な経験にもなるし、これでも一年で一番盛り上がる大学イベントだよ？　ミスコン出場者は何人か芸能人にまでなってるのは知ってるでしょ」

俺は視線を巡らせる。

香坂理奈さんと七野優花さんはチラシによると一年生らしいが、佇まいが何というか堂々としている。

資料によると俺との歳の差は二つ。

もしかしたらオープンキャンパスで会ったかもしれないような二人が大舞台に立つなんて、時間の流れを感じてしまう。

皆んな各々の理由がありながら、この場に参加しているようだ。

「俺も手伝いに参加させてくれないか」

「え？」

彩華が目を見開いた。

「だ、ダメか？　誘ってくれたのにまさかの面接落ちなオチ？」

「ううん、そうじゃなくて。あんたから頼まれるのが予想外だっただけ」

彩華は軽く笑いながらコクリと頷いた。

「もちろんオッケー。短い間だけどよろしくね」

「おう」

差し出された彩華の掌に、俺の掌が自然に吸い込まれていく。

「彩ちゃん良かったね～」

那月のからかいに、彩華は「あ……ありがと」とお礼を言った。

那月が礼奈と仲良いことは知っている。

しかしこの二人の関係性も絶妙で、見ていて中々微笑ましい。

ミスコンの準備に参加して一時間が経った。

途中参加だということもあり任せられる仕事の難易度はそれほど高くなく、のびのびと作業できた。

それでも人間の集中力には限りがある。

アイスカフェオレで英気を養いたいと思い始めた時、志乃原の「彩華さんヘルプですー！」という声が聞こえてきた。

志乃原の方に目をやると、彼女が彩華に後ろから抱きつくところだった。

彩華が「ちょっと！　くっつかないでよ！」と抵抗しながら笑みを溢す。

「彩華さんがいない間色々確認してほしいものが溜まってたんですよぉ。当日流れるプロモーション動画、パターンA、Bどっちがお客さんウケいいかなって」

ミスコンといえば、当然投票もある。

ミスコン出場者にとってグランプリや準グランプリで得られるものは決して少なくないはずだ。

だからこそ真剣な話を邪魔できない。

「どこ見てるの？」

隣で作業していた那月が、手を止めて話しかけてきた。

俺は二人が喋っているのを横目に、静かに答えた。

「別に」

「うそお」

「ていうか那月、髪切ったよな。めっちゃ良い感じじゃん」

「え？　あ、ありがと。……いや、やめてくれない？」

那月は前に視線を送ると、ビクッとしたように肩を震わせた。

振り返ると、二人が地獄耳というのが判った。

彩華は澄まし顔、志乃原がジーッとこちらに視線を送ってきているのだ。

那月は二人の視線を敏感に感じ取ってしまったらしい。

俺と目が合ったことで、志乃原は自分の中で聞かなかったことにする選択肢を失ったようだ。

ズンズン近付いてきて、テーブルにバンと両手をついた。

「先輩、私が髪切ったことは何も言ってくれなかったのに!?」

「ちょっと真由、いい加減にしなさいったら」

　後ろから彩華が窘める。

　志乃原がちょっと大人しくなった時、彩華はいつも通りの声色で言った。いいぞ、後輩を止めてくれ。

「あー、それと私もメイクちょっと変えたんだけどね。私も今日誰かから全然言われなかったかも」

　……ダメだ、彩華と志乃原はこういうところでは似たもの同士だった。

　俺は息を吐いて、那月に謝った。

「ごめん気遣わせて。褒めなきゃよかったな」

「い、いやぁ……嬉しいし謝られることではないはずなんだけど。いややっぱダメだ、色々とダメ」

　那月は二人の視線に怯えたのか、こめかみをギュッと摘んでからフウッと息を吐いた。

　我に帰った彩華だったが、依然志乃原だけは騒ぎ続けている。

　俺はそんな後輩のテーブル上の両手に、軽くチョップを入れた。

「てい」

「あたっ。先輩に暴力振るわれた……！」

「何回やんだよこのやり取り」

「何回でもやってくださいよ！　安定の鴛鴦漫才ってやつです！」

「安定といえば聞こえもいいな」

「へへー、そうですか？　夫婦漫才に言い換えてもいいですか？」

「はいはい」

「流すなー！」

後ろで聞いていた彩華のこめかみがピクリと震えていたような。

戦々恐々としながら早く会話を切り上げたが、間一髪セーフだったみたいだ。

そこまで見ていた那月が、ついに厳しめの声色で口を挟んだ。

「真由、やめてやめて。この空間にこれ以上甘ったるいこと持ち込まないで」

那月はしっしと手を振ると、志乃原は頰を膨らませる。

だが注意ももっともだと納得したのか、渋々といった表情で頷いた。

「分かりましたよぉ。後ですぐに先輩に衣装の優先順位の相談しますから、先輩すぐに帰っちゃダメですよ」

するとその言葉に、彩華は呆れたように返事をした。

「何言ってんの、そんなこと言う前にあんたは学外用のインタビュー記事で言うことを早く決めちゃいなさい。今日が期日なのよ」

「えー」

志乃原は後ろに振り返り、彩華にブーと口を尖らせる。

彩華は仕方ないなと言いたげに肩を竦めた。

「真由と明美以外終わってるのよ。明美も今日中の提出だけど、どっちが早いんでしょうね」

「分かりましたやります！」

志乃原は明美の名前に目の色を変えて座席に戻り、ＰＣに向き合った。

彩華にしかこの類の発破はかけられない。

那月もようやく安心したように自身の作業に戻ったようだ。

……那月、俺が来てから邪魔しかしていなくて申し訳ない。

俺はすっくと立ち上がり、目線で彩華を呼んだ。

部屋の隅まで移動して振り返ると、彩華は付いてきてくれていた。

「明美も参加するんだな」

「うん。何も言ってこないなと思ってたけど、やっぱ明美がエントリーしたこと知らなかったのね」

「もぐりの弊害が出たんだよ……まあ志乃原には良い影響ありそうだし、当人同士が納得してるならそれでいいよ」

あの件の当人はあくまでこの三人。

俺は話を聞いただけの立場だ。

彩華は俺の言葉へ特に反応を示さず、カタログを開いた。

ステージ映えしそうなドレスたちが所狭しと掲載されている。

「ねえ、どんな服が好き？」

「……大人しめのやつ？」

「これミスコンよ。全部大人しめだったらステージ映えしないでしょ」

「え、もう決まってるはずだろ。迷ってても専門家とかそういう人には訊いた方がいいだろうし」

「スペアの案も欲しいだけよ。もちろん最後には専門の人にチェックしてもらうけど、裏を返せばそこまでは私たちで進めなきゃいけないから」

……思っていたよりガチなんだな。

「これかな」

選んだのは、純白のドレス。

ウェディングドレスのようなドレスは誰もが見たことがある手前、ミスコン出場者が着ている姿をきっと観客は見たいだろう。

というか、俺も見てみたい。

彩華は「良いセンスね」と頷いた。

「服も運営が選ぶなんて大変だな」

「仕方ないわよ。色々あって、かなり任せられちゃったし」

「あー、そこも那月から聞いたよ。大変だったみたいだな」

「大変も大変。でもまあ助かったわ、あんたが参加してくれてさ。就活的にも結構美味しい条件だし、もしかしたらって期待してたけど」

「就活ばっかが理由じゃねえよ」

「え？」

「お前の助けになるなら、単純に俺だって協力したい」

彩華は「あんた……」と少し感動した声を出した後、言葉を紡いだ。

「ハロウィンの準備は余裕で断られたけどね」

「その節はすみませんでした!!」

頭を下げると、彩華は慌てて「冗談よ、なにお辞儀してんのよ！」と釈明する。

隅っこのやり取りに、顔見知りたちが視線を注ぐ。

樹さんや那月が遠くからからかってきて、彩華が照れたように弁解する。

その光景を目にしながら、俺は思案した。

……今のは紛れもない本心だ。

だけど、俺にももう一つだけ理由があった。

志乃原や彩華、那月や藤堂。

学祭。ミスコン。

学生生活に確かな痕跡を刻める時間。

これだけ顔見知りでミスコン出場者が固まることなんて、来年は絶対に起こり得ない。

だったら今年、志乃原たちの晴れ姿をしっかりサポートしてやりたい。

そして自分にとって大きな分岐点になる日まで、間近で過ごしたい。
その日、俺と彩華の関係性は大きく変わる。
傍(そば)にいるのと関係性が変わらないのはイコールじゃない。
学祭の時間が、俺たちがこの関係性でいる上での最後の時間なのだ。
開催まで残り一ヶ月弱。
俺たちが変わるまで、あと僅か。

第７話　それぞれの理由

ミスコン実行委員会のヘルプ要員になり一週間が経った。

本番まで間もないこともあり、俺が参加した時点でチラシの雛形やインタビュー記事の殆どは既に出来上がっていたのだが、一つだけ全くの未着手の仕事があった。

それは学内用のチラシに掲載予定である、出場者へのインタビュー。

俺が任されたのは、そのインタビュー記事の全作成だった。

チラシのデザイン込みで作成する他、全エントリー者への質問は内容を統一しなくちゃいけない。しかも載せられるスペースは一問、二問だけときた。

例の質問は二十も用意されているから最も盛り上がりそうな質問を取捨選択する必要がある。

そして配布数が数千枚であることから、例年インタビュー記事の内容もかなり投票数へ影響するらしい。

とどのつまり、責任は重大だ。

「こんなヘビーな仕事いきなり任すかね……」

寒空の下のベンチで、俺はＰＣに向かって呟（つぶや）いた。

言葉とともに、白い息が出たのが分かる。

この一週間で空気はとんでもないスピードで冷えていき、平均気温の前週比は八度も低いらしい。

おかげで学内を闊歩（かっぽ）する学生たちはすっかり衣替えが進み、薄めのコートもチラホラ見受けられるようになった。

そんな状況下で作業に集中するのは至難の業だ。

ワードに箇条書きしてある文字の羅列に、集中力の欠如で目が滑る。

そう、まるでアイススケートのように。

「あー…さむ」

我ながら寒すぎる思考回路に呟くと、目の前に缶コーヒーがコトンと置かれた。

「ん」

「アンタができる奴（やつ）ってことじゃん。彩華（あやか）に力見込まれてんのよ」

さっきの呟きが聞こえていたのだろうか。

そう言ってくれたのは、ピンクゴールド髪のポニーテール女子だった。

戸張坂明美（とばりざかあけみ）、その人だ。

最近は何度か目が合うことはあったものの、まともに話すのは今日が数ヶ月ぶりだった。

「これくれるのか？」

缶コーヒーに視線を落とす。

手に触れると、温かかった。

そういえば以前図書室で試験勉強に追い込みをかけていた際、そっと差し入れを置いてくれたっけ。

明美は口角を上げて、無言で頷いた。

「……さんきゅ」

「だからさっさと終わらせてよね。今日のインタビュー私からなんでしょ？」

明美はそう言って、俺の正面の席に腰を下ろす。

肘をついて小首を傾げる彼女は、やっぱり表情が柔らかくなった気がする。

「質問ねえ。彼氏とは順調ですか」

「はぁ？　んなもん絶対質問事項にはないでしょ。ミスコン出ようって人への質問じゃないわよ」

「く、バレたか」

わざとらしく項垂れると、明美はケラケラ笑ってくれた。

俺も釣られて口元が緩む。

初対面の頃から感じていたが、明美と俺は相性が悪い訳じゃない。むしろ話が盛り上がる良い関係だったが、いかんせん俺の周りとの相性が悪すぎた。

彩華、真由。

各々とこれでもかというくらい揉めているのが、仲良くなる前に判ってしまった。

元々仲睦まじい関係ならまだしも、これでは安易に近付けない。

しかし最近、明美と彼女たちの関係は改善の傾向にあるらしい。

特に彩華とは毎週のようにバスケをする仲のようだ。

「彩華とは最近どうなんだ？」

「知っての通り、毎週1 on 1でボコボコにしてるわよ」

「まじで？」

俺が疑念の目を向けると、明美は「うっ」とたじろいだ。

「……ほんとはちょっとだけ拮抗してるけど。つーか何考えてんのよ、アンタは事前に用意されてる質問読み上げて、答えメモする役割でしょーが」

明美は不機嫌そうに机をパンと叩いた。

仕草は乱雑。

だが嫌な気分にはならない強さだ。

久しぶりの会話でも普段通りのテンションでいられる自分に若干驚く。

彩華と明美が一緒にいられるのも分かる気がした。

「で、早くしてよ」

「あー、うん」

頷きながらも、俺は素直な気持ちを吐露することにした。

「動画回すのが億劫なんだよな」

「億劫？」

「ダルいってこと」

「あー」

インタビューを先延ばしにしてまで雑談に興じてしまうのには、しっかり理由があった。

このインタビューは動画に残さなければならないのだ。

いくら彩華からのお達しとはいえ、気が進まない。

インタビュー動画がYouTubeの公式アカウントやSNSに流れる光景を想像すると、何だか恥ずかしくなってしまう。

プライベートのアカウントとは違い、多分閲覧数の桁が違う。

しかも殆ど知らない人間の閲覧だ。

「ネットに記録残すのは中々勇気がいるよな……ミスコンに参加する人たちはすげーや」

心からそう思いながら、俺は渋々スマホを机の隅っこに設置した。

皆んなをこの角度で撮らなければいけない。

明美は準備の様子を眺めながら、こともなげに言った。

「私は記録を残したい種族なのよ。アンタとは全然違う」

「そうなのか？　ＳＮＳに投稿するくらいの感覚の人も多いのかね」

「うん。若い時のイケてる自分を残しておきたいって人もいると思うわ。私は単に目立ち

「おお、清々しくていいな。そう記録しておくよ」

明美は目をパチクリさせる。

そして数秒後、机に両手をバンッとついて半身を乗り出してきた。

「ちょ!? 今の公式の回答にするつもり!? 勘弁してよ、コーヒー奢ってあげたじゃない！」

「コーヒーで買収される俺だとでも？」

「買収っていうか、余計なことしないでっていうそれだけの要望なんだけど！ アンタ喧嘩売ってる訳!?」

明美は俺の手元にあった缶コーヒーをぶん取って、仁王立ちした。

「とりあえずこのコーヒーは貰いうけるわ」

「ごめんなさい、もうしないので返してください」

明美は目を瞬かせる。

そしてプッと吹き出した。

「彩華の言ってた通りね」

「何がだよ」

俺は缶コーヒーを取り返して、栓を開ける。

一口飲んだらこっちのものなので、ついでに三口喉に流し込んでおいた。

カフェインが脳みそを覚醒させていく感覚。

本当は即時効果は薄いはずだが、プラシーボ効果というやつだ。

俺は口元を手の甲で拭いて、明美に弁解した。

「さっきのは記録に残ってないから安心してくれ。まだ動画も回してないし」

「動画はあくまで答えの記入漏れがないようにでしょ？　アンタがそのパソコンにメモったら私の番は終わりよ」

「え、まじで？　それ早く言ってくれよ！」

俺は目を輝かせる。

それなら自分の記録がネットに残ることはない。

しかし何を勘違いしたのか、明美は眉を顰めた。

「……オイ、マジでさっきの回答欄に書き込んだりしたら地の果てまで追いかけるからね」

「おっかねえな……分かったよ」

俺は二度頷いて、タイピングしようとしていた指を止める。

百歩譲ってその気があっても、俺のタイピングの速度では途中でＰＣを取り上げられるのがオチだ。

改めてちゃんと質問しようとするところで、疑問が湧いた。

「……待て。じゃあ出場者各自から録音データ送ってもらうだけで良くない？　ていうか事前アンケートだけでいいんじゃ」

「生の声を聞いた感じがほしいんでしょ。はよせえ」

明美がピシャリと注意して、俺は反射的に画面に視線を移す。

そういえば明美は元副主将だ。

俺のようなこっぱをこともなげに従える気迫がある。

「仕方ないな……なら今から始めるぞ」

「なんでアンタが疲れてんのよ……」

呆れたような声に、俺は心の中で思った。

やっぱり明美と喋る時間は楽だ。

過去を早くに知らなければ、今頃那月との関係性のようになれていただろうと。


インタビューを終えると、明美はすぐに腰を上げる。

彼女はどうやら長くこの場に留まる気はないようだ。

行き交う学生の数が増えてきて、時計を見ずともそろそろ昼休みに差し掛かることが判る。

チャイムが鳴る前に講義室から抜け出して、食堂で良い席を取る人は多い。

明美もお洒落な時計をチラリと覗いてから心なしか忙しない様子になったので、例に漏れずかもしれない。

それでも俺は一応声を掛けることにした。

「もう行くのか？」

「え、当然でしょ。つまんないインタビュー以外に、こんな場所に用ないもの」

「一言多いな！　いや二言か！」

「どっちでもいーし」

明美は目を細めてから、ハンドバッグを机に下ろす。

そして身体をグッと伸ばしてから、深い息を吐いた。

「急いでるんじゃないのか」

「んー、別に。それよりも大事なこと言い忘れてたって」

「大事なこと？」

明美はこちらに向き直る。

そして気まずそうに視線をチラチラと行き交う学生に向けた後、おもむろに口を開いた。

「あ……ありがと」

「え？」

「あの時、注意してくれて。叱ってくれて。……感謝してる」

明美は目を合わせない。

さっきの急ぐような仕草は、緊張の表れだったのかもしれない。

何となく俺は、そう思った。

「……いいよ、別に。俺だって明美のためだけに言ってたわけじゃないしさ」

「分かってるけど、それでもね。私に怒ってくれた人って貴重だったから。彩華の他にもそういう存在がいるのは心強い」

「……彩華が」

背を向けた明美は、ふとした拍子に訊いてきた。

「そういえば、そろそろ実感できた？」

「え？」

「男女の友情は成立しないってさ」

俺はＰＣを鞄に入れながら押し黙る。

あの夜のことは、誰にも言えない。

一人にでも言ったら、どこから漏れるか分からないから。

だけどこの場で一つ言えるのは、かつて成立していた時期は確かにあったということだ。

「……そうでもないだろ。実際成立してる人だっているし」

「そう？」

「うん。いうなれば明美もそうだろ？　俺と恋——」

「そーかな。タイミングが違えばアンタとも全然あり得たでしょ。今はないだけでさ」

明美はあっさり言いのけて、今度こそハンドバッグを腕に掛ける。

俺は目を瞬かせる。

黒革にゴールドチェーンのハンドバッグが、明美の腕からゆらゆら揺れた。

「……でもまあ、あの子に悪いし。私は成立しない〝派〟くらいに言い換えとこうかな」

明美はハンドバッグを持ち直す。

前髪を耳にかけて、口を開いた。

「実際私はどっちでもいいし。じゃー遊動（ゆうどう）のとこ行ってくるね」

「おう。仲良くな」

「任せなさーい。悠太（ゆうた）がよろしく言ってたって伝えとくねん」

「そこまでは……まあいいや」

人の彼氏にあからさまな態度を取るのも失礼だろう。

彩華と関係を続けているのだから、それくらいの気遣いは必要だ。

明美は察しているように軽く笑って、食堂の方へ歩を進める。

明美に気付いた何人かの男子が振り返り、ヒソヒソ話す。

ミスコンに出たら、きっとステージ映えするだろうな。

俺は重い鞄を肩に掛けて、次の約束の場へ向かった。

次の場所は十二号館の七階だった。

ここは構内では最人気のお店があり、学生がズラリと並んでいる。俺自身も年に一度しか来ない場所だ。

昼休みのチャイムが鳴ったばかりだというのに、もう数十人の列を為している。食堂と違い明確に席数が制限されているため、この列の進みはとても遅い。

しかし今日の俺は無敵だった。

特別に予約ができていることもあり、受付に学生証を提示してすぐに入店する。このお店の人気の要因は、開放的なテラス席。

去年新設されたばかりの場所だ。

テラスフロアへ辿り着くと、後輩がぴょんぴょん跳ねて存在を知らせてくれた。

「せん！　ぱい！　ぱい！」

「ぱいは連続させるな絶対に……」

俺は呆れ半分でつっこみながら、志乃原の元へ移動する。

志乃原が座っているのはカウンター席。

ガラス張りの柵が眼前にあり、ご飯を食べながら景色を見渡せる最高の席だ。

しかも所狭しと椅子が並んでいる訳でもなく、充分二人ごとに距離を保ってくれている。

俺も若干テンションが上がりながら、志乃原の隣に腰を下ろした。

「先輩、私この席初めてなんです！　今日は一日ランチしましょうね！」

「ランチの意味知ってる？　昼休み一杯が精々いいところだぜ」

「ぶーぶー」

志乃原が不貞腐れたように口を尖らせる。

俺は口元を緩めて、鞄を床に置いた。

「あ、先輩。椅子の下が籠になってますよ」

「おお、ほんとだ。さすが人気店」

「実行委員会の特権ですよねえ。予約して入るなんて、大学生活の中じゃ初めてです。もう今日はジャンジャン食べちゃいましょう！」

志乃原はそう言って、二人の間にメニュー表を広げてくれた。

値段も学生御用達の域を出ないのが、このお店の人気たる秘訣だ。さすがに食堂よりは高いものの、立地やメニューの見た目などを加味すればむしろ安価だと捉えられる。

「先輩何にします？　何にします、何にします！」

「ちょい待ち。一応インタビューしなきゃだからな」

俺は鞄からＰＣを引っ張り出し、テーブルに置いた。

志乃原はジト目でそれを眺めている。

「んだよ」

「別に～？　別にデート気分をもうちょっと味わいたいからご飯食べ終わるまではインタビュー抜きがいいなんて言ってませんよぉ」

「ああ、後がいいのね分かりましたよ……」

俺はＰＣを正面から少し横にズラす。

「にひひ。ありがとうございます、先輩」

志乃原がチョンと二の腕に触れてくる。

俺は咳払いをしてから、言葉を紡いだ。

「別にいいけどさ。ただインタビューって名目で予約できてるんだから、時間分けるならしっかりインタビュー時間は確保するぞ？」

昼休みは一時間。最低でも三十分は確保させてほしいので、逆算するとすぐにでも注文しなければいけない。

「分かってますよぉ。私はメニュー決まってるので、先輩決めちゃってください！」

「俺ももう決まってる」

「はや⁉　全然メニュー表に目通してなくないですか⁉」

「天才だからな」

「よく分からないですけど分かりました！」

志乃原が手を挙げると、店員さんが和やかな表情で近寄ってきた。

学生やおばちゃんでもなく、しっかりお店系列の正社員が接客してくれるというのも人気の理由の一つかもしれない。

「ランチセットC、ドリンクはハーブティーが一つと〜」

志乃原はそこまで言うと、チラリと目線で促してきた。

「カルボナーラとアイスカフェオレでお願いします」

「かしこまりました。メニューをお下げしますね」

「えっ」

志乃原が声を漏らしたが、店員さんは気付かなかったのかそのまま中へ戻っていってしまった。

「どうした？」

「いや、その。あとでケーキ注文するつもりだったんですけど、メニュー下げられちゃったなって」

「あー、汚れないようにって感じかな。まあ後で持ってきてもらおうぜ」

メニュー表の数が足りないのが要因になるお店もあるが、ここに関しては多分違う。テラスの予約席には、人がいなくてもメニュー表は既に用意されている。

ただデザイン性の高いブックカバーに覆われていたので、お店の方針なんだろう。

「先輩物知りですね。やっぱそういうのって就活とかで培うんですか？」

「いや、気になって調べたことがあるだけだ。でもまあ確かに、向こう側に立って考えることは増えたな」

自分が何をやりたいかなんて、まだ分からない。

夢もなく、やりたいこともない俺は、自分の選択肢を広げる目的で日々を過ごしてきた。

大学へ進学したのもその理由が大きい。

周囲に流される機会が多かったのも、自分に核がないからだ。自分のできる範囲を増やしたところで、やりたいことが分からない。目標がなくては、いつかまた息切れしてしまう。

それなのに選択できる期限はすぐそこまで迫っている。

昔はもっと時間があった。ゆっくり考える時間があった。

それなのに、自分の先に対する思考に費やす時間は殆ど無かったように思える。

進路だって恋愛だって同じだ。

限られた時間で最適解を目指して決めなければいけない。

どちらも、時間のなさを理由に延長なんて申請できない。

今この時間で出す選択が、自分の先を左右する。

だけど別に、それは今日始まった訳ではない。その選択の連続が、今の俺を作っているのだから。

「お先にドリンクお持ちしました」

店員さんの一言に、俺は視線を上げる。

目の前にはハーブティーと、アイスカフェオレ。

「先輩ってほんとカフェオレ好きですね〜」

「この甘さで二十年は生きれるぜ」

俺はカフェオレに口をつける。

コーヒーにはない甘みに舌を転がす。

いつか、この甘さに耐えられなくなる時が来るのだろうか。

苦味に天秤が傾く時が来るのだろうか。

だけど、もう少しだけ。

俺は喉を鳴らして、学内を見下ろす。

行き交う学生の中に俺がいるのも、もう少し。

風が吹き、志乃原の髪が靡く。

大人になっても、志乃原は隣にいるのだろうか。

俺は少し思案してから、カルボナーラを口に運んだ。


「え？　なんでミスコンに参加するかですか？」

志乃原は食後のハーブティーを中断して、目をパチクリさせた。

「それはまあ、決まってますよね。その瞬間だけは一番目立つ存在になれるからです」

「へえ、なるほどな。目立ちたがり気質、と」

「先輩の意訳で棘増してる気がするんですけど⁉　記事には思い出作りとでも書いておいてください！　今のは先輩用の答えなので！」

「何で皆んな最初に俺用の答えを言うんだよ……」

「先輩が質問したからじゃないですかっ」

志乃原はぷんすこ怒り、ハーブティーが残り僅かとなったカップに指を掛ける。

ランチを楽しみ、インタビューも終わりに近付いてきた。

店内の学生は疎らになっていき、あと十分もすれば講義開始のチャイムが鳴る。

幸い俺も志乃原も次は空きコマなので、時間は十二分にあった。

まあ俺には次のインタビューが控えているのだけれど、残りの質問事項に目を通す限りまだ終われそうにない。

「なー、思い出作りですとか、そういう類のリップサービスが過ぎないか？　さっきも小さい頃からミスコンに憧れがあったとか言って、それ本当だろうな」

「嘘に決まってるじゃないですか。ミスコンの存在知ったのは高校生になってからですし」

「じゃあほんとのこと言えっての！　理由は目立ちたがり屋な！」

「それはそれで顰蹙買うじゃないですかー！　私たちは建前の世界で生きてるんですから、本音伝えすぎるのも逆効果だと思います！　特にこういう不特定多数に読まれる記事とかは！」

「真由も俺に建前を使う日が来たということか」

「先輩先輩、私のこの姿は建前じゃないですよ？　ほら、サロンモデルとかそういう系の話です。ミスコンなんて一番注目度高いんですからそれくらい自衛させてくださいよぉ」

冗談めかして項垂れてみせた俺に、志乃原は肩に手を置いてゆさゆさ揺らしてくる。

「そうは言ってもなぁ……」

俺はＰＣの画面に視線を戻す。

明美は学内に配布されるものだからか、結構赤裸々に話してくれた。志乃原の当たり障りのない回答たちと比較したら、インパクトは全然違うだろう。

一見このインタビューはただの告知に思えるが、その実投票のポイント稼ぎに他ならない。

開催予定のミスコンにはグランプリ、準グランプリという制度がある。

これらは各エントリー者への投票数で決まるのだが、ＳＮＳで集めた票と当日の観客から集めた票は、重要度が全く異なる。

１：９。

割合でいうと、当日の集計がダントツで大切なのだ。

そして当日の観客は半数以上がうちの大学に通う学生であることから、実行委員会から配布される〝公式〟のチラシにはかなりの影響力が存在する。

内部情報なので外部には出せないが、志乃原は関係者なので配布数だって重々知っているはずだ。

「真由、当日の集計が九割を占めるのは知ってるよな」

「え？　そうなんですか？」

ひっくり返りそうになった。

彩華、もしかしたら説明省いたんじゃないだろうな。

「絶対聞いてるはずだけど、SNSで集めた票は一割の配分だぞ。あくまで当日客を呼び込むツールとしてだな」

「ええ、あれ将来アナウンサーとかになりたい人に役立つためかと……！」

「ピンポイントすぎるだろその運用利益は……」

志乃原が考え込む様子を眺めながら、俺はお冷やを一口飲んで喉を潤す。

そもそも志乃原にグランプリを獲りたい気持ちがなければ問題ないのだが、那月によれば少なくとも明美に勝つために燃えているはずだ。

現時点では志乃原のフォロワー数が最も多いが、明美も次いで二番手だ。水着写真を上げ始めてからは追い上げており、全く油断できるような状況ではない。

「真由はグランプリとかは興味ないのか？」

「はい、ないです。勝つことには興味ありますけど」

結局グランプリを獲りたいことに繋がる気がしたが、感情の問題だろう。

「でも今のところ、明美に勝つにはグランプリになるしかないぞ」

「えっ」

志乃原は目を見開いて、俯いた。

「でも、分からないですもん。他人にどう振る舞ったら票が入るだろうとか、あんまり興味も持てなくて。顔も知らない人たちですし」

そこまで言うと、志乃原は一度押し黙る。

そして数秒後、顔を上げた。

「私って——どうすれば魅力的になれますか？」

ただ、純粋な問いだった。

俺は少しも逡巡しないまま、口を開いた。

「真由はそのままが魅力的だと思うぞ」

「え？」

「〝start〟でマネージャーしてる時だって、別にずっと取り繕ってる訳じゃないだろ。それで皆んなから好かれてるんだから、真由自身に魅力がある証拠だ」

「……先輩も、そう思うんですか？」

「俺が？」

訊くと、志乃原は唇をキュッと結ぶ。

愚問だったようだ。

「当たり前だろ。じゃなきゃ家になんか入れるかよ」

「えへへ……そうですか。それならその、うーん。折衷案を考えるべきですよね」

全て赤裸々に話すのが良い結果に繋がるとは限らない。

志乃原は多分そう考えている。

「じゃあ、一番になりたいからって付け足しておいてください」

「え?」

「好きな場所で一番にならなきゃ、我慢できないって」

「それをどう締め括る?」

志乃原は思案する仕草を見せた後、口角を上げた。

「だから、私はあなたの一番になってみせます。そう書いてください」

「オッケー」

俺は速さ重視でタイピングする。

誤字があっても後で修正すればいい。

「先輩、パソコンに向かう姿かっこいいですね」

「ほんとかよ。慣れてないせいでタイピングめちゃくちゃだぜ」

「仕事してるみたいでカッコいいんですよぉ。社会人になった姿、見てみたいです。スーツ姿も似合うんだろうな〜」

「いや……」

大学の入学式でスーツを着たが、似合わなすぎて彩華に爆笑されたのを覚えている。あの頃よりも少しは大人になったが、スーツ姿もマシになっているだろうか。

そう考えていると、志乃原は思い付いたように付言した。

「あと、こうも付け加えて書いてください」

「ん?」

「やりたいことがない私だけど、この後自分の進む道が輝いてるって信じてます。これはその願掛けですって」

「あはは、良いなそれ。分かったよ」

願掛けを六分の一のグランプリに賭けるなんて、かなり強気と言わざるを得ない。

だけど、これが志乃原らしい。

俺にはない思考回路で導き出す結論は、いつだって予想外だ。

「先輩先輩」

「ん？」

「私、負けないですよ。だから、その……」

志乃原は一度俯き、すぐに顔を上げた。

「見ててくださいね」

そう言った志乃原の笑顔は、去年の十二月の頃と一見変わらない。

だけど少し大人びて、そして親愛に満ちている。

クリスマスシーズンから始まった俺たちの関係性。

その終着点も、きっとすぐそこにある。

「じゃあ、インタビューはこれで終わりです。ありがとうね」

「はぁい。失礼します」

七野優花さんが立ち上がりざまに、ペコリと頭を下げる。

茶髪ボブの後ろ姿が遠ざかっていくのを眺めながら、俺は思考を巡らせた。

インタビューでは幼少期の頃から現在までの人生を軽く訊いていくパートがあるのだが、誰もまともに答える気配がない。

特に七野さんなんて、「うーん」とか「それは言いたくないです」とかそればっかりだった。

明美といい志乃原といい、誰もが過去に何かしらを抱えているのでこれが自然のことなのだろうか。

それとも俺の質問の仕方が悪いのか。

「うーん」

俺は席に座って、ＰＣに視線を戻した。

チラシに載せられる質問には限りがある。

やっぱり今のところ最もエントリー者の人となりが現れる質問は、『ミスコンに出場したいと思った理由は何ですか』だろう。

これは皆んなの〝今〟の思考回路を色濃く映し出してくれる質問だ。

明美然り志乃原然り、この質問からは彼女たちの性格が充分伝わってくる。

一年生である七野さんの出場理由は「何となく」「勧められたから」が多いが、今回の中ではあまり見ないタイプだったのでこれはこれで目立ちそうだった。

だけど七野優花さんの前にインタビューした香坂さんは、「七野さんに勝つため」と敵意剝き出しだった。

これはどう記載するべきか困ってしまうが、「勝ちたい人がいる」くらいに濁せば問題ないだろうか。

……とりあえず、やっぱりインタビューは出場理由に絞った方が良さそうだ。

後は好きな食べ物とか嫌いな物とか、そういったステータス欄を別途設けたら充分だろう。

雛形を自分で作成して、簡単なデザインまで任されている。

幸い自分がデザインしたエントリーシートを提出しなければいけないインターンを経験していたので、ギリギリこなせそうだ。

「へえ、上手いことできてるじゃない」

「うわっ⁉」

俺は思わず仰け反った。

彩華が目を瞬かせてから口角を上げた。

「なによ。予定終わったら迎えに行くって言ったでしょ？」

「言われてたけど！　もっとこう、あるだろ他に登場の仕方が！」

「集中してたから気付かなかっただけでしょ。普通に正面から近付いてたわよ」

彩華はチラッと視線を落とす。

誕プレに貰ったシルバーネックレスを見ているのが分かった。

我ながらコーデとの相性が良いので、もっと見てほしい。

「今まで何してたんだ？」

「ん？　ある人に誘われて、お茶してたのよ。良い会だったわ」

彩華はそう答えた後、言葉を続けた。

「で、どうしたの。何か悩んでる？」

「悩み……」

ある人が誰か気になったが、質問しても答えてくれなそうだ。

顔を上げると、彩華が心配そうにこちらを覗いていた。

「彩華ー」

言語化できない感情を乗せて、俺が気の抜けた声でボヤく。

彩華は目をパチクリさせた後、フッと相好を崩した。

「あー疲れてるわね。やっぱり一日で済ませるのはハードすぎたかしら」

「いやー、それは問題ない。内容をどう纏めるかって感じで悩んでる」

「そう？　見せてみて」

彩華はそう言って、閉じかけていたＰＣを覗き込んだ。

慣れたように素早く目を走らせるうちに、頬を緩ませた。

「うん、やるじゃない。特にこの出場理由は皆んな個性出てて面白いわね。集中してた時からやるもんだと思ってたけど」

「まあ、文量だけはな。結構皆んな語ってくれたし」

「その答えを導き出したのはあんたでしょ」

「俺？」

彩華は頷いて、ＰＣから離れた。

「バレンタインパーティーの時も言わなかったっけ？　あんた、初対面の人と話すのは私よりも上手いわ。インタビューで聞き出すのも私より上手いって付け足しとこ」

「そんなにかよ。全然そんなことないと思うけど」

「皆んなの解答が面白い。去年までのチラシも私は全部読み込んでるけど、多分一番面白いわ。今まで当たり障りのない内容ばっかりだったし」

「……まじか。それはそれで、この回答載せても大丈夫か心配だな」

このチラシは票集めのためにエントリー者のアピールする場だと捉えていた。

いきなりインタビュアーを任されたのもあって事前準備は雛形を作るくらいしかできていなかったし、過去のチラシなんて一度も目にしなかった。

というより、調べても出てこなかった。

その思考を読んだかのように、彩華が説明してくれた。

「あえて過去のチラシ見せなかったのよ。去年の形態のまま作るなら、別にインタビュアー自体要らないもの。質問事項をあんたに考えてもらったのもそういうことよ」

……だからあえて調べ物をさせる暇もない納期に設定したのか。

毎度のことだが、彩華のディレクションには舌を巻く。

「誰が訊くかで、人の答えは変わる。この回答たちはエントリーしてる人たちの色も出てて、反感を買うような内容でもない。絶妙のバランスよ。私だったら多分当たり障りのない内容か、変な方向に傾くわ」

「そ、そうか……それなら良かった。頑張った甲斐あったよ課長」

「苦しゅうない——って誰が上司よ！」

彩華が尊大な態度を一瞬で崩してつっこんでくる。

俺は声を出して笑いながら、空になったペットボトルを鞄に入れた。

今日はインタビューだけに四時間以上費やした。

お陰で一週間で唯一空きコマが複数ある今日でも、陽が沈むまでノンストップの忙しさだった。

席を立って彩華に並び、問いを投げる。

「で、なんで迎えに来てくれたんだ？」

「あー。緊急事態が発生したからね」

「緊急事態？」

縁起でもない単語に眉を顰めた。

彩華は「そ」とこともなげに頷いた。

「私、ミスコンに出ることになったから」

木枯らしのように冷えた風が二人の間に吹き抜ける。

数秒の沈黙の後、俺はあんぐり口を開けた。

「……まじぃ!?」

第8話　参戦

美濃彩華がミスコンに出る。

その情報は学内へ瞬く間に広がった。

たった数日の間に同じ学部にいる顔見知りはもちろん、サークル員やゼミ仲間と、俺の知っている範囲には余すところなく認知された。

急遽の出場ということもあってSNSの開設が遅れたにもかかわらず、フォロワー数は早くも出場者の三番手。

彩華という存在が大学に留まらず、みるみる世間に出回っていく。

途中エントリーは経緯から特殊で、その特殊さから全容が表に出ることはないだろう。

今回彩華がミスコンへ出場することになったのは、エントリーNo.４の宮下梨奈さんが出場キャンセルになったからだ。

家庭の事情でどうしても数ヶ月単位で帰省する必要が出てきたという理由を聞けば、運営の誰もが突然のキャンセルを止めることはできなかったようだ。

そこで代理の出場者を選出する必要があり、当初はファイナルエントリーを逃した人間の中で出場候補に挙がった人が数名いた。

だが今からのエントリーではどうしても不利になる――

事前投票数の乱数調整はできなくもないはずだったが、運営の上の人間は潔白の体制を崩したくなかったらしい。

その判断を実行する上で必要になるのは、途中参戦という不利な状況でグランプリや準グランプリを獲れなくても文句も言わず、しかしミスコンのレベルをも底上げしてくれる人。

その条件を満たす人間が内部にいたら、頼ってしまうのも無理はない。

だけどそんな都合の良い話が――あったのだ。

運営であることが表に公表されていない人間の中に、その人はいた。


ドレス・宣材写真部門の運営責任者、美濃彩華。


これが彩華の出場が決まった経緯だ。

彩華が候補に挙がってからは早かったようで、彼女がファイナルエントリー者に確定したのは話に上がってからたった一日後。

彩華の決断も些か迅速だ。

だけどその決断には代償があった。

「ふう……」

彩華から直接ミスコンに出場する旨を聞かされてから二日後。

俺はお馴染みになった準備室で、溜息を吐く。

そして彩華に直接訊いた。

「お前いいのか？　このままミスコンに出るなんて」

「もう今更でしょ。これで盛り上がるなら、出る甲斐もあるってもんよ」

彩華は自分の荷物を片しながら、くるりと周囲を見回した。

今の時間、この部屋にいるのは俺たち二人。

壁にはドレスのチラシやミスコンのポスターが所狭しと貼られていて、彩華がどれだけ注力してきたかが判る。

予定になかった仕事も沢山振られているのにどれも上手く回っているのは、彩華の手腕に他ならない。

「もう運営には携われないのにか？」

俺が訊くと、彩華は苦笑いした。

「なによ、同じ盛り上げる立場には変わりないでしょ？　この準備室にだってたまに顔出さなきゃいけないんだし、一生の別れみたいに言わないでよ」

「でも……」

ミスコン出場者は、運営の一員にはなれない。

それが出場者へ登録する上での代償だった。

彩華の言う通り一緒にミスコンを盛り上げる立場としては変わらない。

今後同じ部屋にいることはあっても、任せられない仕事が多々出てくるだけだ。

他の人ならこんなに心配しないかもしれない。

しかしどんな形であれ途中で離脱するという選択が、彩華にとって百パーセントいいものになっていないのは想像に難くなかった。

今まで彩華がこのチームを引っ張ってきたのだ。

彩華の性格上、最後までやり抜きたかったに決まってる。

だけど、彩華は口角を上げた。

「大丈夫よ。確かに上の会議で結構頭下げられたけど、ほんとに嫌だったら余裕で断ってるもの」

「まあ……それはそうだろうけど」

たとえ土下座されたって、嫌なら断固お断り。

それが彩華なのは解(わか)っている。

でも、それは本当に嫌だった時の話。

ちょっと気が進まないくらいだったら協力してしまうくらいの優しさが、彩華にはある。

ここまでガッツリ運営に携われる機会が四年生になった時にあるかなんて分からない。

少なくともこのメンバーでは絶対にないはずだ。

本当に彩華が心から納得できているのかだけが気になっていた。

「じゃあ、今回引き受けた理由って何なんだよ。彩華もミスコンに憧れがあったのか？」

「憧れ。……憧れか」

彩華は纏(まと)めた荷物を肩に掛けて、押し黙る。

二人きりの部屋に沈黙が下りる。

彩華は少し遠い目をして、やがて言葉を紡ぎ出した。

「……憧れって感情はないかもね。こういう目立ち方って、普段は避けてたところだし」

「……そうだろ。じゃあなんでだ」

実際、彩華は高校時代からイベント時は大人しめだった。

彩華は普通の言動で目立ってしまうだけで、男子から特別人気のあるイベントでは存在感を薄く留めていたのだ。

大学に入ってからもＳＮＳは基本的に非公開設定にされてあるし、不特定多数の目に触れる機会を避けていたのは事実。

それがミスコンというこれまでの人生で最も注目度の高いイベントに参加するのだから、明瞭な理由があるはずだ。

やがて、彩華は口を開いた。

「……今回私が引き受けたのは、私も主役になりたいからかな」

「主役？」

「うん。運営陣が脇役とか、そういう意味じゃなくてね」

彩華は絹のように流麗な髪を梳(す)いて、俺を見る。

「私は、あんたの——」

その時だった。

ドアが開き、いつもの運営メンツが次々に入室してくる。

そして俺たちの姿を視認した人たちが話しかけてくる。

「あ、彩ちゃん。もう自分用のドレスとか決めてた？」

樹(たつき)さんだ。サークル代表からの質問に、彩華が「そうですね」と軽く答える。

二人きりだった部屋が、すぐに人で埋まっていく。

別の部屋でミーティングでもしていたのだろうか。

皆(みな)んなが各々の作業を始めていく。

その様子を眺めながら、彩華は最後に付言するような声色で俺に言った。

「それにね。今は任せられる人もいるの」

「まあ……それは。こんなに色んな人がいるしな」

俺は改めて部屋に視線を巡らせた。

学内随一の規模を誇るサークル『Green』代表を務める樹さん、サークルの新入生入会数が多い『start』代表の藤堂(とうどう)、他にも錚々(そうそう)たる顔ぶれが揃(そろ)っている。

「だから、私は安心して抜けられる」

「……そうか」

さっきの言葉の続きは、最後まで言われなくても伝わった。

確かに学祭当日は、その必要があるのかもしれない。

「勘違いしてるわね」

「え？」

「私が言ってるのはあんたのこと。……私の代理、引き受けてくれない？」

「……な」

俺が目をパチクリさせると、彩華は頰を緩ませた。

「やっぱり嫌？」

「嫌っていうか……俺が彩華の代わりって、割と荷が重いっていうか。学祭だってもう開催直前の段階だし、結構今更だろ。むしろ代理なんて必要ないっていうか」

「今更でも何でも、実際代理は必要になるわよ。判子必要なやつはどうすんのって話」

俺は口を結ぶ。

そこに関しては彩華の言う通りだ。

「不安でも藤堂君とか、樹さんがいる。サポートしてもらいなさいよ」

「まあ……藤堂たちのサポートがあるならいけるか」

すると、彩華はじれったそうに口を尖らせた。

「あーもうっ。これはたまに言ってることだけどね、あんたって私のこと割と過大評価してるわよ」

彩華はおもむろに歩を進めて、ドアを開け放つ。

廊下へ出て、人気のない場所になるとすぐに立ち止まった。

俺が中に声が漏れないようにドアを閉めるのと、彩華が話し始めるのは同時だった。

「あのね、確かに私は色々任せてもらう機会が多いし色んな行事に携わってるわ」

「知ってるぞ。俺はそれが凄いと思ってるし、何聞いても凄いと思い続ける自信がある」

大学生の中で率先して運営をやりたい人なんて限られている。

そんなことは元々の運営への応募数を見れば明らかだ。

しかし彩華はかぶりを振った。

「二年生の時までのあんたならもしかしたらそうなのかもね。でも——」

彩華は口調を変えずに言葉を続ける。

「私が周りから色々仕事を任せられてたのは、全部私が自分で手を上げてるからってだけ。自薦なの。実際その中身は、別に難しいことなんてやってない」

何を言いたいのか、理解した。

「今のあんたなら、きっと余裕でこなせるわよ」

——今の俺。

俺も自分なりに、二年生の頃とは違うと言える。

だけど彩華にそう認めてもらえるのは、また異なる嬉しさがあった。

「実際海旅行の時はちゃんとできてたでしょ。世の中一歩踏み出したら何とかなることって結構多いと思うわ」

「一歩踏み出す……」

「その一歩を踏み出すまでの時間は人それぞれだけど、早めの方が良いことだって沢山あると思うわよ」

確かに、就活は一歩先に踏み出したらやり甲斐（がい）を感じる余裕ができた。これがギリギリのタイミングだったら、果たして高いモチベーションで取り組めていたかどうか。

彩華も俺と同様に、早いタイミングを意識していたのかもしれない。

こういうところは、意外と似ているのかもしれない。

「だから、頼んだわよ」

彩華からのパス。

託す言葉に、俺は迷いながらも頷（うなず）いた。

いつもなら「頼める？」とお願いされるところだったが、もう断定されていたから。

彩華が信頼してくれていると解ったから。

前までの彩華なら、多分俺一人に任せることはしなかった。

思い上がりかもしれないが、この数ヶ月できっと少しは成長できたのだろう。

「分かった。任せてくれ」

「……ありがと。うん、頼もしいわ」

彩華は目を細めてそう言った。

皆んなの笑い声が部屋から廊下に漏れる中、俺は口角を上げる。

「変わったらしいからな。二年の頃とは違うんだろ？　違うところを見せてやる」

「……やっぱり変わってないかも」

「今更引っ込めるのはなしだからな！」

彩華はクスクス笑い、荷物を肩に掛け直してから柔らかい声色で言葉を紡ぐ。

「こうして頼もしくなっても、あんたの在り方自体はずっと変わってない。……そこがあんたのいいところかも」

俺は目を見開いて、頭をぽりぽり掻いた。

「断言されてたらもっと嬉しかったなー」

「うっさい、茶々入れてんじゃないわよ！」

「茶々ではないです要望です！」

抗議すると、彩華は笑いながら俺の後ろに回り込み、準備室のドアを開け放つ。

皆んなの視線が集まる中、俺だけを部屋に入れて、彩華はまた廊下へ出て行った。

「乱暴なやつ……」

俺は痛くもない背中をさすりながら、次の言動を考える。

リーダーを引き継ぐ挨拶は、やっぱり皆んなにしておいた方がいいだろうか。

そう考えていると、皆んなが俺の後ろを見ていることに気が付いた。

振り返ると、彩華がドアを半開きにさせて、ひょこっと顔を出していた。

彩華は皆んなに向けて大きな声で言葉を放つ。

「皆んな、頼んだわよー！」

ザワザワとした空間に一瞬の沈黙が下りる。

そしてすぐに、何倍もの声が返ってきた。

「任せなー！」「彩ちゃんも頑張れ！」「グランプリ獲ってねー！」

彩華はニカッと白い歯を見せて、今度こそ廊下へ姿を消す。

皆んなの拍手喝采は彩華の培ったものを表すかのように、姿が見えなくなっても高らかに鳴り響いていた。

第9話　最後の学祭

「なー悠、当日班からプログラム共有されたけど一部変更されてるわ。告知も一部変更しなきゃ」

「花の種類、一部当日用意できるか微妙なやつ混じってた！　代替案これでいいか本人に確認してほしい」

「悠太、秋山さんの分のインタビュー監修お願い！」

「おっけーおっけー」

藤堂や大輝、那月の依頼を次々に捌く。

いざ忙しくなってみると、意外に愉しんで回せる自分がいた。

彩華の言う通り俺が急激な成長を果たしていた——訳ではない。

彩華が充分すぎるほど人員を確保していたからか、増えた業務といえば監修物くらいだったのだ。

しかも皆んな優秀なお陰で、大輝の成果物以外には間違いなんて一つもない。

こんな万全な引き継ぎ、想像もしていなかった。

「あー皆んな優秀すぎるな……」

「俺を見ながら言うなよ！」

大輝が不貞腐れたように口を尖らせた。

後ろから美咲が「ちょっと大輝、悠太に見せる前に私に見せてよ」と追撃して、大輝は彼女に全く信用されていないことに「くそお……」と打ちひしがれる。

そのやり取りを見ていた藤堂が、隣で面白そうに笑った。

「ダブルチェックは社会人になっても多分使うしいいんじゃないか？　色彩の使い方とか凄いから、誤字さえなきゃ大輝がナンバーワンだぜ」

「そ、そうか？　おい美咲聞いたか！」

「聞いた聞いた～」

「俺の話も聞いて!!」

自分の席に戻っていく美咲を、大輝は慌てて追いかける。

美咲と大輝は元の付き合いが長かったからか、恋人関係になって日が浅いのに安定感がある。

きっと今の二人は、日常がこれまでより二倍楽しくなっているに違いない。

「あいつら仲良いな～」

「だな」

俺の呟きに、藤堂は同意した。

「傷心の身には癒しだぜ」

「別れて間もないのに、あれが癒しになるのがすげえよ。去年の俺なんて、カップルが視界に入るだけでしんどかったぞ」

「だろうな。今なら悠の気持ちも分からんでもない。前は分かったふりだったけど」

「ふりだったの⁉」

藤堂はくつくつ笑った。

「そうじゃねえと話進まねーだろ？　慰めるには演技も必要だ」

藤堂が別れてから多分まだ一ヶ月も経っていないが、彼にも大分余裕が出てきたようだ。

一ヶ月といっても、他人から見た一ヶ月と自分のそれじゃ訳が違う。これは俺自身が去年体感したことだ。

藤堂は円満な別れだったようだし、案外近いうちに次の恋愛もあるのかもしれない。

「どーしたよ。男に顔見られても嬉しくないぞ」

「ちげーよ。仕事サボってんなと思っただけ」

「おー、言うじゃねえか共同代表。……あれ、共同代表って名前の響きなんかいいな」

藤堂が改まった様子で言うので、俺も思わず笑ってしまった。

代表の代理は藤堂と俺の二人になった。

主に現場の監督は俺がして、対外的な連絡面は藤堂。

二人で役割分担しているおかげで、余裕を持って楽しく準備に取り組めている。

この立場になってみて思うが、宮下(みやした)さんの欠場理由が不祥事じゃなくて心底良かった。去年はミスターコンテストにエントリーした男子一人がＳＮＳで炎上して、後処理が大変だったらしい。

電話やネットからのクレームなどは大学側が処理してくれるが、現場でのクレームやスポンサーからのクレームはこっちが処理しなくちゃいけないからだ。

既にギリギリのスケジュールで進行していたので、ＳＮＳへの未成年飲酒投稿で自爆するような事案が発生しなくて良かったと言える。

そんなことがあれば、とてもじゃないが運営なんて無理だっただろう。

「うしっ」

美咲の成果物の監修を終えて、今日の作業は終わり。

事前配布のチラシは学内や最寄り駅付近で殆(ほとん)ど配り終えたし、公式アカウントもファイナリストたちの裏側を毎日投稿して順調にフォロワー数を伸ばしている。

ついに学祭まであと三日。

やれることは全部やって、あとは座して待つのみの工程が殆どだ。

今日は確認事項もあってファイナリストの面々も揃(そろ)っており、全員が揃う最後の日だった。

俺はおもむろに腰を上げて、部屋全体に届かせるために声を張った。

「よし、皆(み)んな！　今日の準備も終わりで、学祭まであと三日になりました。皆んなのおかげで、あんなにあった大量の仕事をすげー限られた時間だったのに無事に終えられそうです。ぶっちゃけあとやれることはあんまりないので、今日からは本番成功するように祈りましょう！」

俺が号令をかけると、藤堂も併せて「そういうことです！　皆んな今日もありがとう！」と挨拶する。

既に仕事が無くなった皆んなはスマホを片手に聞いてくれて、パラパラと疎らな拍手をくれる。

今日の場を締めるために、最後に言葉を纏めようとした時だった。

「リーダーのお二人さん、そこにある大量のお菓子はなんですか？」

部屋の隅っこから質問が飛んできた。

目をやると、出入り口のドア付近に明美と彩華が並んで座っている。

彩華は明美に視線を移し、皆んなの視線も一斉にピンク髪に集まった。

明美は皆んなの視線を全く意に介さず、再度答えを促した。

「ど？」

さすが、家のように寛いだ声色だ。

不意に彩華と目が合った。

彼女は目を瞬かせたが、やがてニコッと口角を上げる。

まるで明美の質問をどう料理するのかとでも言いたげだ。

二人ともレクリエーション用の衣装で明美は真っ赤なライダース。彩華は一見ラフなパーカー姿。

……やっぱ二人が並ぶと絵になるな。

そんなジジイのような感想を胸にしまって、俺は明美に言葉を返す。

「あーあそこに置いてるやつ？　あれはそうだな、今日のために用意したものですね」

入口から見て最奥地の角。

そこには大量のお菓子が積まれていた。チョコやポテチ、細々とした駄菓子の詰め合わせ。その横にある段ボールには1・5Lのジュースたちが入っている。

「おお。お菓子が今日のために……ということは？」

明美の問いに、彩華はニコッと笑う。

運営から抜けた彩華は発言こそしないものの、表情で俺を後押ししてくれる。

俺は彼女と同様に口角を上げた。

「今日は一時間も巻いて終わったので、時間ある人は前章祭やっちゃいませんかって……そういうことなんですけど」

予定していた流れで喋れなかったので、中途半端に明かしてしまった。

だけど、予想以上に皆んなの目の色が変わり、浮き立った。

皆んなスマホを膝やテーブルに置いたりして、横にいる友達と会話を交わす。

「お、まじで？」「あーっオレンジジュースだ」「酒は？」「さすがに酒はマズイだろ」「ポテチあればいいって！」

　思わず胸を撫で下ろす。

　こうも分かりやすい反応をされたら、用意した甲斐があったというものだ。

「じゃあそういうことで、各自ぱぱっと始めちゃいましょうか」

「「おっけーです！」」

　皆んな一斉に立ち上がり、テーブルの片付けや準備に取り掛かる。

　俺はその光景を眺めながら、頬を緩ませていた。

　仕事を早めに終わらせて、お菓子とジュースを片手に一時間のプチ打ち上げ。

　これは俺と藤堂が昨日の帰り道に土壇場で決めたことだ。

　おかげで今日は休み時間を返上して仕事や買い物をすることになったが、皆んなの笑顔を見ると昼飯まで抜きにしたのも報われた気持ちになる。

　大学生になるまでは、運営に何かをしてもらうことが当たり前だった。

　しかし身近で何かと運営に携わる彩華を見ていると、そうじゃないことはすぐに解った。

　同い年が当たり前のように統率する姿を見て、皆んなに感謝されて然るべき存在だと思った。

　だけど、その心持ちは少しだけ違っていたのかもしれない。

　いざ運営の立場になってみると、自分について来てくれてありがとうと、こっちが感謝したかったから。

くばる。

「いいもんだろ？　前に立つのも」

藤堂がポツリと呟いた。

「……まあな」

俺は素直に頷いて、紙コップやお菓子の積まれた場所へ移動する。

ひとしきりお菓子たちをテーブルに置き並べると、次に皆んなに紙コップを配布していく。

お菓子を詰め合わせた袋を腕に掛けた時、横から声が掛かった。

「いやー海旅行の時から思ってたけど、悠太って意外と仕切るの上手いね」

『Green』代表の樹さんが書類をファイルに片しながら陽気に話す。

近くにいた藤堂が「意外とやるんすよ」と返事をし、樹さんの隣にいた那月が無言で頷いた。

「いや……そんなことないですよ。皆んなが協力してくれるからいけてるんです。楽させてもらったんで、これは気持ちです」

「うわーいつの間にか社会人みたいな返しできるようになってる！　焦る、焦るー！」

絶賛留年中の樹さんが頭を抱えて、周囲の人たちがクスクス笑う。

皆んな限られた時間の中でしか作業ができないため必然的に忙しなくなるのだが、こうして和ませてくれる存在がいたから楽しく運営ができたのもある。俺に周囲を和ませる才能があるかは怪しいので、ありがたい存在だった。

「おっ、おっ、なんです？　もしかして見惚れちゃいました？」

その視線に何を思ったのか、志乃原はニヤニヤした。

ウエスト部分が全て素肌で、その過激な服装からちょっと複雑な気持ちになる。

志乃原が頬を膨らませて、お腹をさすった。

「先輩罪な男……！　私たちは今最後の節制中なのに……！」

「ま、まあな。皆んながいてのミスコンだし、景気付けってやつだ」

「うわぁっ先輩、これ準備してくれたんですか！　私たちが参加する今日に！」

要するにめちゃくちゃ似合ってる。

たりにしたら、何というかくるものがある。

私生活で小悪魔のようだと思ったことは何度もあるが、いざこうして小悪魔姿を目の当
レクリエーション用の小悪魔を模したパーカー姿だ。

そんな志乃原の服装は、他のファイナリストたちと比較してもダントツ目立っていた。

をキラキラ輝かせた。

お菓子の匂いに釣られた志乃原は、俺が片手にぶら下げるお菓子詰め合わせパックに目
「先輩っめっちゃいい匂いします！　身体に悪くて美味しい匂いが……！」

唐突な二人の離脱に不思議に思うのと、志乃原が飛び込んでくるのは殆ど同時だった。

那月が樹さんの裾を引っ張り、「およよ？」と混乱する彼と段ボールの方へ移動する。

「あ。樹さん、ほら準備」

「違うけど、考え事してた」

「そんなあっさり否定しなくてもいいじゃないですか……」

「見惚れてた！」

「気持ちのない返事は余計要らないんですけど!!」

志乃原は腕をブンブン振って抗議する。

全部が嘘じゃないんだけどな。

今それを伝えると変な空気になりそうなので、俺は一旦言葉を続けた。

「さっきの話だけどさー。確かに俺ファイナリスト勢の状況をしっかり考えられてなかったかも。真由はドレスを着るにあたって、がっつりウエスト絞らないとって感じか？」

「先輩じゃなかったら複雑になる質問ですね……その通りですけどぉ」

志乃原は渋々といった様子で首を縦に振る。

女子のプライドが許さないといった様子だ。

「まじか。真由でそれなら、皆んなも節制中って思ってた方がいいか……じゃあごめん、一旦真由はなしにする」

「ヤダヤダいやだー！」

志乃原は俺が取り上げようとしたチョコクッキーを胸元に引き寄せて睨んだ。

引き寄せる部位が反則で、男なら露わになっている谷間に視線が吸い込まれるのが健全というレベル。

「あ、今度こそ見惚れちゃいました？」

志乃原が小首を傾げる。

今度は確信的だったのか、訊きながらも分かっている様子だ。

間違っていないが、少し悔しい気持ちになる。

「なわけねーだろタコ」

「タコ⁉　照れ隠しが過激になってるんですけど！」

「隠せ」

「へ？」

志乃原は喉まで出かかった言葉に急ブレーキをかけた後、キョトンとした顔をする。

俺は手に持っていたお菓子詰め合わせを志乃原の首元に押し付けた。

「ぐえっ⁉」

「あ、わりい」

志乃原の喉から素っ頓狂な声が出て、俺は思わず謝罪した。

志乃原はケホケホ咳き込み、ちょっと涙目になりながら抗議してくる。

「ぜんぱいひどいです……」

「ご、ごめんって。ほらお詫びにお菓子あげるから」

「これはもう貰ったやつなんですよ！」

志乃原はそう言って、言葉を続けようとする。

しかし、俺の後ろに視線を移した途端に押し黙った。

思わず振り返ると、彩華と明美が立っていた。

「おい……」

俺は彩華に咎める声を出す。

志乃原に明美を直接接触させるのはナシのはずだ。だからこそ明美と隅っこにいたのだと思っていた。

しかし、彩華はこともなげに肩を竦めた。

「バカね。真由からはもちろん許可もらってるわよ」

「……あ、そうなのか」

「うん。……で、首なんてさすってどうしたの真由」

彩華の視線の先には、首をさすりながらオレンジジュースを飲む志乃原の姿だ。

俺が弁解しようとしたが、先に志乃原が口を開いた。

「うぇ……先輩から首に強めのチョップされて……」

「おい待て、さすがにそれはしてないぞ！　お菓子押し付けたらたまたま変なところに当たっただけだ！」

「どっちにしても悪いのアンタじゃん？」

明美が呆れたようにそう告げた。

確かにその通りだ。

今しがたの俺は、気持ちをコントロールしきれなかった気がする。

だけど明美が志乃原の眼前に現れた今、そこに思考を巡らせている場合じゃない。

明美は俺の隣に移動して、真っ直ぐ志乃原を見据えた。

「ちょっと話したいことがあるんだけど」

「……ここじゃ嫌です。ファイナリスト同士が揉めてるみたいに思われるじゃないですか」

志乃原はお菓子をテーブルに置きながら、もっともなことを言った。

明美は頷き、静かに言った。

「……そうね。じゃあ、廊下でいい？」

数ヶ月前の志乃原なら、その文言に怯えていてもおかしくない。

だけど、今の志乃原は。

人気のない廊下に佇む四人の影。

志乃原と明美が向かい合う光景を、横から見守る。

彩華と二人並んでいるが、彼女もこのやり取りを黙って見守るつもりらしい。

明美の強い眼光は、かつて志乃原を怯えさせたもの。

しかし数ヶ月前と異なる点があった。

明美の口は小さく結ばれ、僅かに緊張が見てとれる。

対して志乃原の瞳には、強い光が宿っていた。

以前とは真逆の光景だ。

「……志乃原」

「私、馴(な)れ合うつもりはないですよ」

志乃原がピシャリと言うと、明美が目を瞬かせた。

あまりに早い反応に、明美もいくらか開き直れたように苦笑いした。

緊張しすぎると自分の気持ちを表に出せないので、明美にも多少の開き直りは必要だ。

「……分かってる。アンタが私と話したくないことくらい。高圧的な態度だって、つい最近までしちゃってたんだから」

志乃原は表情を変えずに、明美を見つめている。

明美は答えが返ってこないことを察して、言葉を続けた。

「それでも今話してくれるのは、さっさと直接謝罪させて、さっさと私との遺恨を終わらせて綺麗(きれい)になりたいってところかな」

「そうですね。正解です」

容赦ない返事は、クリスマスの彼女を彷彿(ほうふつ)とさせた。

最近はずっと懐いてくれていたので忘れかけていたが、志乃原は自身を貶(おとし)めた相手に厭(えん)悪(お)の意をしっかり表に出す。

浮気した元坂にも。

かつての彩華にも。

そして今度はバスケ部の引退試合を早めた明美にも。

過去のトラウマを乗り越えた志乃原にとって、明美は元坂と同列の存在のようだった。

その二人が付き合っていると知ったら一体どんな反応をするんだろう。きっとまたあからさまに顔を顰めるに違いない。

だけど、あの二人も変わろうとしている。

それを俺から伝える気はない。彩華も恐らく同じ考えだ。

だから明美の変化が志乃原の知るところになるとしたら、今この瞬間だけだろう。

明美は数秒俯いて、すぐに顔を上げた。

「志乃原にとっては、今の私と喋る時間なんて体裁上の理由だけかもしれないわね。悠太や彩華がこうして見守ってくれてるし」

「……名前呼び」

志乃原は俺をジロリと睨む。

俺は口パクで〝こっち見んな！〟と言った。

さすがに今は集中してもらいたい。

「あ、ごめん。私彼の苗字知らなくて」

「……そうでしたね。まあいいです」

志乃原は息を吐いて、続きを促した。

「それで」

「うん。聞きたくないかもしれないけど……ここでしっかり謝らせてくれないかなって。その、ケジメとして」

明美は拳をキュッと握った。

彼女には彩華が認めるくらい反省の心は存在している。

だけど謝罪だけじゃ、やはり志乃原の心は動かない。

自分が楽になるための謝罪を、志乃原は見抜いてしまう。

「それはまた今度でいいですよ。私が今明美先輩とお話ししてるのは、彩華さんに頼まれたからじゃないですし。今はそういうのを聞く気分じゃないんです」

明美と、隣の彩華が目をパチクリさせた。

志乃原が口角を上げたからかもしれない。

かつての作為的な笑顔ではなく、気持ちの込もった好戦的な笑みだったからかもしれない。

「明美先輩」

「は……はい」

「ミスコンに出場してくれてありがとうございます。フォロワー数とか見てても、いい勝負になりそうでよかったです。ダントツすぎたら、こっちも拍子抜けですから」

挑戦状と受け取れるような、生意気な言葉。

しかしそれは同時に、明美との関係をすぐに終わらせたい訳じゃないと暗に伝えていた。

今からはライバルとして、自分が越えるべき敵として立ちはだかってほしい。

……志乃原らしい考え方だ。

「……そうね」

志乃原の胸中を察したのか、明美もまた口角を上げる。

「分かったわ。少なくともこのミスコンでは負けないから」

「はい。じゃあ私、ちょっと彩華さんと話すことあるので……」

「うん。先に戻っとく」

明美が小さく頷いて、俺たち三人に背を向けた。

俺がついて行こうとすると、明美は「いいから」と笑う。

そして俺にしか見えない角度で、親指でクイクイッと後ろを示した。

振り返ると、志乃原が彩華と対峙している。

……確かに、今この場を抜けたくない。

もう一度明美に目をやると、彼女は既に階段を上がる最中だった。

俺は暫くその背中を眺めた後、踵を返して二人へ近寄った。

「……明美と話してくれてありがとね」

彩華の発言に、志乃原は口を尖らせる。

「彩華さんに頼まれたからじゃないですよ。私だって、同じ部屋にいたら喋りたくなっちゃいます」

「そうよね。私も明美が参加するとは思ってなかった。これは本当」

いつもの雰囲気。

いや、いつもより僅かにピリついた雰囲気だ。

だけど険悪なものではなく、高揚感の混じった空気なのが判る。

「彩華さんはどうして途中でエントリーしてきたんですか？」

「それは真由も分かってるでしょ？　辞退者が出て、人が足りなくなったからよ」

何を当たり前なことを、と言いたげな口調だった。

宮下梨奈さんのエントリー辞退で、美濃彩華が指名されたのはあの部屋にいる人たちなら皆知っている。

確かにあえて訊くほどのことじゃない気がした。

だが、志乃原は別の理由を確信しているようだ。

「それが全部じゃないのは分かってますもん」

彩華は目を細めた。

「だって、彩華さん以外にも候補者いましたよね。那月さんとか、美咲さんとか。彩華さんが引き受けたから、美咲さんに話がいかなかっただけで」

「……あーそっか、那月から聞いたの。あんた那月と仲いいもんね」

「那月さんじゃないですけど。那月さんが礼奈さんに電話で雑談してたのを、盗み聞きしただけですけど」

「タチ悪⁉」

俺が口を挟むと、志乃原がわーッと釈明した。

「だってだって、〝ミスコン〟のワードが気になる時期なんですもん！　その四文字聞こえたらとりあえず自分に関係あるかもって思っちゃうんですもん！」

志乃原は腕をブンブン振ってから、我を取り戻したかのようにハッとして、彩華に向き直った。

「ととにかく、私彩華さんにも負けませんから！　途中エントリーだからって油断もしません！」

志乃原が声高々に宣言した。

彼女にとって美濃彩華はかつての憧れ。

かつての強敵。

自己認識の中で最も分厚い壁に、志乃原は挑もうとしている。

彩華はそれを知ってか、自信ありげに口角を上げた。

「ええ、私も負けるつもりなんてサラサラないわよ。明美よりも強い壁になってあげるわ」

途中参戦の彩華は、他のエントリーしている人と比較すれば些か不利な条件だ。

フォロワー数三位だからといって、グランプリの道にはまだ遠い。

だけど彩華は負けないわと言葉を返す。

社交辞令でも何でもなく、本当に自信があるのだろう。

もしかすると、たとえ不利な条件だと分かっていても言い訳にしないという先輩らしさを見せつけたのかもしれない。

志乃原もそれを感じ取ったのか、嬉(うれ)しそうに白い歯を見せる。

「やっぱり、私にとってのラスボスが彩華さんで良かったです。色んな面で挑戦し甲斐(がい)があるってもんですから」

「……ラスボスって。そう思ってるのがあんただけと思わないでよね」

「え？」

「私にとっても、今の真由はそういう存在ってこと」

こともなげに紡がれた彩華の言葉は、それまでの胸中を吐露するような声色だった。きっと彩華も、いずれ伝えておきたかったんだろう。

志乃原は目をパチクリさせて、嬉しそうに相好を崩す。

……対等になった。

いや、元々対等だった。

彩華は以前から、志乃原を誰よりも認めていたから。

だからこそ、あの日が切り替わった瞬間に家へ来訪したのだ。

「私、戻りますね。これ以上は彩華さんに悪いので」

「もう、調子乗らないでよね」

「乗ってないですもーん！」

明らかに調子付いた志乃原が、先に部屋の中へ移動していく。

二人きりになった廊下。

重厚なドアから僅かに漏れる皆んなの声に耳を澄ましていると、彩華は静かに言葉を紡いだ。

「……ねぇ」

「ん？」

「ありがとね。引き受けてくれてさ」

彩華がそっと髪を梳いた。

部屋から漏れる声たちが、不思議と耳に残らない。

彩華の声だけが正確に耳朶に響いてくる。

「ああ。こっちこそ、任せてくれてありがとう」

「前は嫌がってたのにね」

「余裕なかったんだって」

九月頃に揉めたことを想起して、俺は苦笑いする。

今回引き受けたのは那月が就活に活きることを分かりやすく伝えてくれたからというのもある。

「分かってる。だからこそよ」

彩華も笑いながら、俺に視線を向けてきた。

「それ、ずっとつけてくれてんのね」

誕生日プレゼントに貰ったシルバーネックレス。

太陽の輝きに照らされる時、何色の光を放っているのだろうか。

「当たり前だろ。どのコーデにもあって気に入ってる」

「ふふ。感謝しなさいよね、キーケースあげた時にも言ったけど、私自分からプレゼントなんて他の男にしないいんだから」

彩華はそう言ってから、何かを思い出したように付け加えた。

「まあ、うん。今考えてみたらそれは当たり前なんだけど」

好きだから、だろうか。

しかし彩華は特に気持ちに言及せずに、そういえばといった様子で続けた。

「キーケースといえば、鍵にさ……まだ雪豹のキーホルダーってつけてくれてたりしてるの？」

「付けてるよ。大事な思い出だしな」

高校時代、彩華を助けようとして停学になった時に貰ったもの。

この雪豹が、高校で貰った唯一の贈り物だった。

デフォルメチックな見た目が気に入って、未だに鍵に付けて持ち歩いている。

「そういや俺も何かあげたいな。彩華って誕生日に欲しいものとかあるのか」

「要らないわよ」

「え？」

歩を進めていた彩華が、おもむろに振り返る。

「もう、私は貰ってるから」

彩華は言う。

そして悪戯(いたずら)っぽく、そしてどこか儚(はかな)げな笑みを浮かべた。

「そういうのは、付き合ってからがいい」

風が吹く。

黒髪が空の下で舞い踊る。

学祭が始まる。

俺たち全員が揃(そろ)う、紅葉祭が。

第10話　グランプリの証明

大学構内が一斉に彩りを極めた。

校門は普段の鉄柵が装飾されたパネルに覆われており、自立性の立て看板の多さは学祭ならではの光景だ。

出入り口から非日常感を駆り立てられるが、敷地に入ってすぐに見えるのはアーチ型の看板。頭上五メートルほどの高さに、校舎と木に吊るされる形でこちらを見下ろしている。

運営の一員として一度校門から入場しておきたかった俺は、人混みに紛れながら敷地を跨ぐ。

数メートル進むだけでいつもの倍も時間を要するくらい混み合う敷地内だが、すぐに流行りのＢＧＭたちが耳に入ってくるお陰か、皆んな陽気な顔ばかりだ。

俺たちの制作した立て看板を眺めている学生が視界に入ると、やって良かったなと思わされた。

装飾周りはミスコン運営の仕事じゃなかったが、同じ学祭を盛り上げる仕事には変わりない。皆んなの顔を見ているとそう思えた。

「おにーさん、良かったらこっち寄っていかないですか？　赤字覚悟のチーズフォンデュですよ！」

サークルカラーのハッピを身に纏った女子大生が、校門から広場へ向かう道で笑顔で声掛けをしている。

仕事と違ってノルマなどもないので皆んな自由な接客で、それが学祭独特の陽気さを醸し出していた。

他にも何人もの学生が、お客さんを呼び込もうと色んな人に声を掛ける。

「おにいさん、ハッシュドポテトはいかがですか？」

「いや、俺は——」

相手を察してチラシを受け取ると、喧騒の中で最も聞き取りやすい声が耳朶に響いた。

チラシを断ろうとすると、見覚えのある内容がチラッと視界に入る。

「——今度は貰ってくれましたね、先輩っ」

志乃原がこちらを見上げて頰に丸いえくぼを作った。

菫色の大きな瞳に、ちょっと驚いた顔の俺がいた。

「……俺に渡してどーすんだよ。今財布持ってないぞ」

そうツッコむと、志乃原は大袈裟にかぶりを振ってみせた。

「えー、先輩なら顔パスに決まってるじゃないですか！　それにクリスマスの時にチラシばら撒かれた時のリベンジも兼ねてますし、今回は大人しく貰ってくださいっ」

「文句言いづらいこと言うなよな！」

行き交う人たちに容赦なく踏み潰されたチラシたちを想起する。

でも踏み潰されたおかげで、俺たちの関係が始まったと思えば不思議な感覚だ。あそこであっさり無傷で拾われたら、お詫びにカフェでなんて発想は生まれなかっただろうから。

感慨深い気持ちを胸に閉まって、俺はチラシを脇に挟んだ。

何度も誤字脱字がないかチェックしたのは俺だし、今更このチラシで得られる新しい情報は皆無だ。

あるとすれば、今しがた口頭で言われた顔パス云々の話だが。

「言っとくけど、うちの出店に顔パスとかないぞ。あいつらは絶対容赦なく俺からも金巻き上げる」

「そこは私のマネーパワーで奢りますよ。マネージャーのマネーは金のマネーなんです！」

「耳だけでゲシュタルト崩壊起こしそうだからやめてくれ、あと先輩として後輩に奢られる訳にはいかない」

「またまたぁ、それは今更かもです。私先輩の夜ご飯の買い出しとかでたまにモゴォ!?」

「声がでかい、お前ミスコン出るの忘れたのか……！」

「ふぁすれてないげす！」

その場でもっと抗議したかったが、止まっているのが迷惑になりそうだったので俺は志乃原をほっぽり出して歩き始める。

志乃原はそのままの格好でついてきた。

「ついてきていいのか？　一応今出店の時間だろ」

「どっちにしてもそろそろ準備始めなきゃですからねー。私が〝start〟の出店に協力できるのも、今日は午前中だけですし」

「まあそうか、元々真由は無理して参加する必要ないしな」

ミスコン出場者に対しての配慮だ。

とはいえ『start』主力のメンバーは、殆どがミスコン運営や学祭運営スタッフの二足の草鞋だ。

一応売上は学内のバスケサークルたちで競っているらしいが、『start』だけダントツ不利な状況だった。

「抜けても問題ないですしね。今のところ売上ダントツ一位ですし」

「ダントツ一位なの⁉　まじで⁉」

「そりゃー私がいるんですもん、これくらい当然ですっ」

エッヘンと胸を張る志乃原の格好は、改めて見ればミスコンＰＲ動画で最も閲覧数を獲得した私服姿だった。

どうやら自身の認知度まで計算して今日に合わせてきてくれたようだ。

その成果を証明するがごとく、早速志乃原に気付いた女子大生たちが声を掛けてくる。

「あー真由ちゃんじゃん、今日頑張ってね！」

「ほんとだ、二年生の！　タメ組として応援するからね～！」

「ありがとー！　当日投票もよろしくです！」

志乃原は女子大生たちに和やかな笑顔を振り撒いていく。

チラシ配りをしても知らない学生から声を掛けられても、全然疲れた様子がない。

「体力温存しとけよ？　本番まで近いんだし」

小声で呟くと、志乃原はこともなげにかぶりを振った。

「えー、大丈夫ですって。元々バイトで知らない人にチラシ配りしたり、声掛けられたりしてたんですよ？　相手が同じ学生ってだけで楽さ百倍、楽しさ百倍増ってやつです」

「まあ……本番に緊張しないのはさすがだな」

俺が逆の立場なら、口から心臓が飛び出てしまうに違いない。

何事も自信が無ければ緊張の度合いは桁違い。

運営が雇った講師から一週間限定でレッスンには取り組んでいたものの、ここまで普段通りなのはさすがの度胸だ。

そう思っていると、志乃原は照れたように頬を掻いた。

「そりゃあちょっとは緊張するかもですけど。一人欠席するらしいですし、その分注目も絞られますからね」

その条件の中〝ちょっと〟で済むのが凄いんだけどな。

「秋山さんの欠席の件は聞いてるよ。あの子の分も頑張ろうぜ」

感心しながら答えたところで、開けた場に躍り出た。

志乃原が頷くのを横目に、俺は視線を巡らせる。

校門から数多のサークルの出店が軒を連ねていたが、この広場は主に呼び込みや案内図、インフォメーションの係員などが多くを占めている。

案内図の立て看板は俺たちが先週作ったもので、行き交う学生たちが繁々と視線を泳がせていた。

目の前で辺りをキョロキョロ見回すカップルが、案内図に「助かる〜」と言いながら近付いていく。

「作った甲斐ありましたねぇ」

「だな。社会人になった時の予行演習にもなりそうだわ」

「えー、そんなダークな隠しボーナスあったんですか？」

志乃原が面白そうに笑う。

俺は前から考えていたことを口にできそうだと、意気揚々と人差し指をピンと上げた。

「同じ会社だけど部署違いの仕事押し付けられるーみたいな時もあるかもしれないだろ？でも、結局皆んな楽しんでくれてたら満足しちゃう。同じ方向向いてたんだなって、そう思うようなきっかけになるかなって」

「なるほど、そういう時は思い出さなきゃですかね。解像度高くて理解しきれてるか分かりませんけど」

素直すぎる返事に、ちょっと我に返った。

今から本番に臨む人にする話じゃない。

「就活中だから無理矢理そこに結び付けちゃうのかもしれないけどな」

俺は弁解するように言って、肩を竦める。

年齢は一つしか変わらない。

だからかもしれないが、後輩であることを新鮮に思う瞬間があったり、今のように同い年に語るようなテンションになる瞬間があったり。

志乃原の前にいる俺は、他の人といる時よりも自己コントロールの精度が悪い。

しかし志乃原は慣れた様子で、いつも通りの口調で言葉を返してくれた。

「無理矢理結び付けるってことでもないんじゃないですか？　先輩の言う通り、思い出させるための試練なのかもしれないって思いましたよ」

「そ、そうか？」

「先輩の解釈ってちょっとズレてそうなのに説得力あって面白いです」

「ズレてるって言ってんじゃねーか！」

志乃原はクスクス笑い、俺も釣られるように吹き出した。

志乃原の距離の詰め方は、一年くらいのギャップなんて軽々越えてくる。

彼女がたとえ年上であろうと、似たような仲になれる確信があった。

「あ、見えてきましたね」

「ん」

視線を上げると、あっという間に多目的ホールに辿り着いていた。

楽しい時間は、すぐ終わる。

志乃原は、身体をグッと伸ばした。

「ふぃ〜、もう控え室に行っちゃいますかね。出店の持ち時間も丁度終わりそうですし」

「そうしな。皆んなには俺が伝えとくわ」

「え、いいんですか？」

志乃原は目をキラキラさせる。

「これくらいはな。真由は今日の主役といっても過言じゃねえし」

「えへへー、照れますね。でも確かに今日の主役は私になりそうです」

笑顔の裏に見え隠れする、自信ありげな表情。

それはまるで、かつての表情。

俺は志乃原に問いを投げた。

「……そういえば、お前ちょっと変わったか？」

「え、何がです？」

志乃原はキョトンとした表情で小首を傾げた。

この小悪魔のような仕草は、出会った頃から変わっていないが。

「いや、その。なんかめっちゃ度胸ついたなと思って」

「私がですか」

「うん。今日の自信ありげな感じもそうだけど、この前も明美にあんな真っ向から言いたいこと言うなんてさ。自分にイップスまで植え付けたやつに、中々できることじゃないだろ」

「あー」

志乃原は恥ずかしそうに頰を掻いた。

「私、開き直ることにしたんですよね。元々先輩と仲良くなり始めた時って、私こんな感じだったじゃないですか」

「そうか？」

「そうですそうです。彩華さんに反抗してたのだって意外と最近ですよ？　最近じゃ見る影もなかったですけど」

言われてみれば、去年のクリスマスからまだ一年も経っていない。

もうそろそろ一年経つのか、という感慨深さが勝つ。

「じゃあなんだってあの頃に戻ったんだよ」

何気なく問い掛ける。

志乃原は目を瞬かせて、ちょっと口を尖らせた。

「べー。内緒です」

俺は数秒黙った後、こともなげに言葉を返す。

「ふうんそっか」

「もっと問い詰めてくださいよ!?」

志乃原は頬を膨らませる。

「私も多少我儘にならなきゃって、そう思ったんですよ。覚えておいてくださいね？」

……彼女に伝えなくちゃいけない。

恐らくは、今日。

「だから見ててくださいね。私、この学祭が終わったら先輩に——」

志乃原はそう言ってから、途中で止まった。

「……先輩？」

その時の俺は、一体どんな顔をしていたんだろう。

後に振り返っても、思い出すことはできなかった。

時間を遡ることはできないように。

ミスコンの会場は入学式でも使用される多目的ホール。

明日は有名アーティストのライブ会場になる予定の、所用人数が千人を越える場所だった。

学祭は二日に分かれて開催されるが、初日の目玉がこのミスコンだ。

ミスコンといっても、ランウェイの時間はラストのプログラム。

意外にもそれ以外の大半はレクリエーションで占められる。

目的としては観客にファイナリストたちの人柄を覚えてもらう、当日票を味方につけるための時間。

毎年司会には芸能人を起用することもあり、中々盛り上がりを見せる時間だ。

そんな中、俺は急ぎ足で多目的ホールへ向かっていた。

先程までは当日班の手伝いに回っていた俺だったが、ようやく観客と一緒に観(み)られる時間がやってきた。

ランウェイ開始十分前。

既にミスコンの大半の時間を占めるレクリエーションはほとんどを終えている時間だ。

最後のランウェイまでの休憩時間が終わるまでに、自分の席につかなければいけない。

漸くのことで、多目的ホールに辿り着く。

ペースを緩めないまま中に入ると、周囲の光景に思わず目を奪われた。

「……めっちゃ人入ってるな」

モニターやステージ脇から見るよりも、観客側になった時の方が熱気が伝わってくる。

改めてそう呟いてしまうくらい、多目的ホールは人でごった返していた。

入学式の時と異なり、顔ぶれが学生だけじゃないのはミスコンの知名度に起因するものだろう。

男女問わず、明らかに社会人のような人もいて幅広い年代からの期待値が窺えた。

とはいっても、やはりメイン層はうちに通う学生だ。

「お前誰が一位になると思う？」

「やっぱ美濃さんだろ、黒髪ロングは王道だって」

「えー俺戸張坂さんのインタビュー結構刺さったんだけど」

「ああ、この前配られてたやつ？」

歩を進めるたびに、そんな会話が耳に入ってくる。

俺は本番のエピソード記事を書くため、辺りの声に耳を澄ませた。

この分だと後日掲載する記事の注目度も割とありそうだ。

「はー、髪でいうなら茶髪の志乃原さんか七野さんだろ⁉　肩に掛かるか掛からないくらいが刺さるんだって！」

「そりゃお前の性癖だろーが！　年上の秋山さんもいいぞ、黒髪ロングだし挟まれたい――」

「そっちの方が性癖丸出しでキモいんだよ！」

下品になってきた会話から意識を逸らす。

ミスコン運営や知り合いの立場としては彼女たちのパフォーマンスを純粋に見てもらいたい気持ちもあるが、俺が観客の立場なら同じような会話を大輝あたりとしている気がする。

……いや、十中八九しているだろう。

クラスメイトの女子をランキング付けするのは男子の大半が通る道だが、倫理的に微妙なところだ。

でもミスコンは公式がランキングを作成しているところから、個人間でのそれも許される空気はある。

そんな特有の開放的な雰囲気が、「志乃原さん推し！」「戸張坂さん推し！」と男子の声を大にさせていた。

ミスターコンテストも女子が同じようにランク付けしているのを耳にしたことがあるし、コンテストが開放的な雰囲気に包まれているのは良くも悪くもこの盛況の助けになっているはずだ。

そのコンテストのクライマックスを、俺は控室から見守る予定だったのだが。

「どこだ……」

席番号の振られた紙に視線を落とし、また周囲を見回した。

今日、俺には彩華の取り計らいにより観客席が用意されていた。

何でも俺がミスコン運営に参加する前に用意されていた席を、そのまま残してくれていたらしい。

番号はA—15。

ステージの方へ降りていく。

今日ファイナリストが歩くランウェイは十字型だ。

舞台側から三方向に観客へ近付ける形。

そして自分の席にあたりがついた俺は、思わず驚いてしまった。

「……まじか」

A列は最人気の列。

15番はど真ん中。

ランウェイの真正面、最前列ど真ん中が俺の席だった。

俺以外の席は、当然のように埋まっている。

関係者という特権を存分に活かした席ではあるが、入場料も掛からない催しなので許してほしい。

出場者のランウェイを間近で見られるのは楽しみ以外の何物でもない。

正直運営側としては他のどの学祭よりもレベルの高いメンツが揃っている自負があったし、今日の経験は貴重なものになるだろう。

俺はポケットからメモ帳を取り出し、思案した。

……頑張って書かなきゃな。

本番のレポートを後日ブログに投稿しなければならない。その取材という名目でこの席が確保されたのか、と漸く思い至った。

さすが彩華、世間体に対する対策もバッチリだ。

仕事は増えたけど。

「そろそろだな〜」

隣から浮き立った声が聞こえて、俺は時計に視線を落とす。

周りの雰囲気から既に様々なレクリエーションで場は温まっているのが分かる。

残すところはランウェイのみ。

これを最後にリアルタイムの投票が開始され、その場で結果が発表される。

そして——

「それでは第三十八回ミスコンテスト、最後のプログラム！　ファイナリストたちのランウェイです！」

司会の高い声がホール中に響き渡り、観客が声を上げて喝采した。
司会は旬の過ぎかけた芸能人。
過ぎかけているとはいえど、画面越しに知った顔には何だかんだテンションが上がる。
俺も高揚感に当てられながら両手を鳴らしていると、照明が一斉に落ちた。
ザワザワとした喧騒が、次第に鳴りを潜めていく。
観客たちが次に起こる瞬間を察して、自分から少しの音も漏れないように注意する。

ピロロン、と音がした。

誰かがスマートフォンをマナーモードにし忘れた？
いや、違う。
音は次第に重なっていき、大量の通知音が会場中を支配する。
やがてそれらは別々の音程へ移行して、一つの音楽を奏で始めた。
ＳＮＳで席巻したアイドルの曲が、会場に重低音を響かせる。
スクリーンには色とりどりのエフェクトが映り、会場にフラッシュを撒き散らす。
暗転。
そして、舞台の幕が開いた。
白スモークが床に噴射され、横に並ぶのは六人の影。

背丈が違えど堂々とした六人は、シルエットだけで観客の視線を釘付けにした。

「エントリーナンバー1！　香坂理奈！」


観客がワッと湧いた。

一人が堂々と歩き始め、照明が彼女に降り注ぐ。

多くの学生が拍手で迎え、香坂理奈に向かって手を振る。

一年生にしては大人びた顔立ち。

ちょっと緊張した面持ちの彼女は、懸命に一歩一歩前へ進む。

この観衆の中では、一歩一歩の重圧が凄まじいに違いない。


「エントリーナンバー2！　七野優花！」


似た髪色でも対照的な顔立ちをした七野優花は、小動物のような見た目とは裏腹に淡々とした歩調だった。

歩幅は小さく、重心はブレず。

香坂理奈と並んで一年生の彼女は、高校生のあどけなさを引き剥がしていくように前へ、前へと進んでいく。

緊張の欠片も感じさせないランウェイは、この場では有利に働いている。

「エントリーナンバー3！　戸張坂明美！」

またワッと観客が湧いた。

事前フォロワー獲得数ナンバー3。

ピンクゴールドの髪はファイナリストの中でも異質。

特徴的な切長の目も相まって、熱烈なファンが多いのが彼女だった。

ランウェイをズカズカと真っ直ぐ進む最中、肩を左右にゆらゆら揺らす。

基本を無視し、観客を挑発するような歩き方。

だがステージ上のそれはパフォーマンスと解釈され、観客を大いに盛り上げた。

通り過ぎ様にチラリとこちらに視線を寄越した明美は、舌をペロッと出してみせる。

本番にもかかわらず、堂々とした姿に舌を巻く。

「あれバスケ部のエースらしいな！」

「全国レベルらしいし、文武両道って感じだよな。見た目のギャップが一番刺さるわ……！」

観客同士が興奮気味に語り合っているのが聞こえる。

この前はＳＮＳの動画が界隈でバズったようだし、肩書きはエントリー者の中で一番かもしれない。

しかし、次の名前は運営陣の虎の子だ。

「エントリーナンバー4！　美濃彩華！」

今度こそ会場が割れんばかりの喝采だった。

先ほどまでの突発的な盛り上がりとは明らかに一線を画した、持続的な喝采。

彩華の凛とした姿勢から生み出されるランウェイは、ステージ上へ戻る明美と交差した際、観客の視線を殆ど奪い去る。

颯爽とした歩調。

髪の靡く軌道は流麗で、盛り上がった会場も相まって観客の頭に一つの総意が宿る。

恐らくこの人が最高潮。

この人がグランプリを獲るに違いない。

ステージへ捌けるまで、彼女の挙動はほんの些細も見逃せない——皆んながそう思った時だった。

「エントリーナンバー5！　相坂礼奈！」

会場がシンと静まった。

事前告知のない人物に、観客の誰もが戸惑った。

アッシュグレーの髪の女性は、これまでの誰よりも静謐な歩調で進んでいく。

ゆったりとした上品な仕草は会場の熱をゆるめていた。

しかし決して盛り下げた訳ではない。

相坂礼奈が先端へ辿り着いた際、ようやく観客はいつの間にか美濃彩華から視線が切り替わっていたことを自覚した。

それくらい夢中に視線で追っていた。

美濃彩華とのギャップが、彼女をより引き立てる。

太陽の光で際立つ満月のように。

だけど、一体誰なんだ。

これ程までに観客へのアピールも無関心なのに、それで視線を惹きつけるなんて。

相坂礼奈が観客席に背を向けた際、ようやくパラパラと拍手が鳴り始める。やがて一斉に鳴り響く拍手は、彼女の背中に降り注いだ。

彼女がどんな表情をしているか分からない。それがより皆の拍手を駆り立てる。

その時誰かが気が付いた。

「あの人、去年エントリー辞退してた人だよ」

声の方に目をやると、記憶の隅にある人がいた。

名前は知らない。

一度しか後ろ姿を見たことのない人物。

きっと一度、彼女に触れたことのある人物。

柔和な眼差し(まなざし)を彼女に向ける姿は、彼女への想い(おもい)が吹っ切れても尚(なお)、どこかに羨望の気持ちが眠っていることを伝えてきた。

様々な想い出が脳裏を過る(よぎる)。

だけどそれは全て刹那の出来事で、新たな光が支配した。


「エントリーナンバー6！　志乃原真由！」


カッと照明が眩い(まばゆい)ばかりに降り注ぐ。

あまりの明るさに相坂礼奈の姿は暗闇に飲まれ、代わりに豪華な衣装を纏う(まとう)鮮烈な存在がステージ上から飛び出した。

最後に落ち着いて鑑賞したい。

そんな先程作られた空気をぶち壊すような早歩きは、殆ど駆け出したに近かった。

予定にないパフォーマンスに、観客が両手を翳し(かざし)て会場を揺らす。

第二の太陽。

それは彗星(すいせい)の如く(ごとく)現れた人物だった。

これまで積み重ねたものを砕き割るような存在は、より鋭利な爪痕を残す。

それが吉と出るか凶と出るかは分からない。

だけど彼女は確かに、その場で最も鮮烈だった。

戻り際に、彼女から視線が飛んでくる。

自信満々な表情。

まるで、それは——

「エントリーナンバー3！　戸張坂明美！」
名前を呼ばれた途端、意気揚々と足を出す。
自分に対する歓声か、それとも後ろに控える人間への歓声か。
どちらか定かじゃないけれど、私には関係のない話だ。

今この瞬間目立てればそれでいい。

此処（ここ）からは見えないけど、観客席には大袈裟（おおげさ）な収録カメラが何台も構えられている。

今日の姿はネットに残る。

つまり今日の私は半永久的にデータ化される。

良い気分だ。

どうせあと十年もしたら、自分の容姿を保つので精一杯になっている。

別に年を取るのが怖い訳じゃない。

ただこれから私は女子バスケのプロを目指して、容姿だなんだといってられなくなると思う。

だったら悔いがないように、自信を持って全盛期だといえる姿を残したい。

それが今日。

今日は私にとって区切りだ。

一歩進むごとに観客の顔が近付いてくる。

子供の頃に夢見たペンライトはないけれど、悪くない景色。

自分らしさを表現する歩きだけを意識して、正面を見据えて立ち止まる。

大体三秒が目安だっけ。

ミスコンは出場人数が六人だけで、後に何十人も控えているようなファッションショーじゃないから三秒以上此処にいたって時間的には問題ない。

だけど、手持ち無沙汰になることがバレると不恰好(ぶかっこう)になって不利になる。

長居してやろうと思ったけど、後に控える彩華に怒られそうだしやめておく。

踵(きびす)を返してステージに戻ろうとした瞬間、横目に羽瀬川悠太(はせがわゆうた)が見えた。

あいつ、口をポカンと開けてこちらを見てたな。
私は思わず舌を出した。
ステージに戻りながら、背中から声を発する。
いいぞ、もっと見ろ。
それこそ後で彩華に嫉妬されるくらい。
思考する。
……悠太。
アンタに恨みなんてものはない。
あるのは多分、感謝だけ。
自暴自棄な心をひた隠しにして上手くやっていた偽物を、破壊する機会をくれた。
そんなアンタと腹を割って話せる機会は、訪れたとしても当分先になりそうだ。
だって私は、まだ友達になれてないし。
でもいつかそういう未来があったら面白いよね。
「……チェ」
らしくない思考に浸っていたことを自覚し、照れ隠しで口角を上げる。
そこで。
——ズンッと足が重くなった。

大舞台に今更緊張が訪れた？

違う。

目の前に迫ってくる、私の憧れ。

……んな気合い入れなくても、皆んなアンタを見るっての。

圧倒的で、鮮烈な存在。

美濃彩華とすれ違う。

瞬間、自分から視線が引き剝がされていくのが分かった。

スポットライトの暖かささえ身体(からだ)から逃げて、私は冷静に結論を変える。

……やっぱり今日は全盛期じゃないってことにしよ。

今日が全盛期なら、一生あの子を越えられないってことだから。

今日の写真は部屋の隅に飾るくらいにしてやろう。

バスケだって自分磨きだって、全部両立してやる。

目の前に聳(そび)え立(た)つ高い壁。

だからこそ越え甲斐(がい)があるって——彩華といたらそう思えるから。

……志乃原も、同じ気持ちなんだろうか。

ステージ脇に捌ける際、待機中の志乃原に視線を向ける。

その表情を見て、私は思わず息を吐いた。

……なんだ。

この子、もう越えてるつもりじゃん。

私も、彩華も。

「エントリーナンバー4！　美濃彩華！」

名前を呼ばれた。

視線を上げ、歩を進める。

さすがにリハーサル時よりも足取りが重い。

ランウェイに緊張しているのは自分でも驚きだった。

……この後、もっと緊張するイベントが待ってるのに。

観客の圧が左右から飛んできて、真っ直ぐ歩くだけでも苦労する。

人前に立つのは慣れていると思っていた。

実際レクリエーションでも上手く立ち回ることは造作もなかった。

だけどやっぱり、一人で千人規模の観客の視線を集めるのは割と別物らしい。

顔の表情が見えない方が緊張しないとよく言うけど、初めての経験がそのアドバンテージを容赦なく打ち消してくる。

幸い身体の震えはない。

……うん。

やっぱり、次の方が緊張する。

今は一挙一動を不特定多数に凝視されるのは初めての経験だから、いくらか慎重にならざるを得ないだけだ。

明美が正面から歩み寄ってくる。

観客の視線を一身に背負う当の明美は、視線を進路とは違う方向へ流していた。

彼女の視線の裏には——悠太。

私が用意していた席。

私を見てもらうための席。

ランウェイの先端と悠太の席は、表情の機微まで視認できてしまう距離間だ。

他の出場者をも直近で観(み)られることから、諸刃(もろは)の剣。だけど私を見てほしい気持ちが勝った。

あいつには、とっておきの私を見てほしい。

今日のために沢山準備した。

あいつが彼女を容姿だけで判断するとは思えない。

わせて身体作りもしてきた。

だけど男なら絶対に容姿も一要因にはなり得るはずだから、悔いがないように今日に合わせて身体作りもしてきた。

お陰で今日のビジュアルは絶好調。

周りの歓声も当然だと言えるくらいの自己肯定感。

明美との距離が数メートルを切ったところで、僅かに残っていた緊張はどこかへ霧散した。


……今から、私のターン。


明美から私へと照明が切り替わる頃には、私は既に颯爽と歩けていた。

観客の熱気が肌に伝わる。

エントリーナンバー4にして、多分初めて基礎を押し出したモデルウォーキング。

それも遠因があるのかもしれない。

先週はランウェイ用に短期レッスンが一日組まれたけど、その際講師に教えられたのは基礎中の基礎のみ。

三十分ほどあれば付け焼き刃として機能するくらいの短時間の講義だった。

だから、一人目の香坂さんのように緊張でぎこちない歩みになっても無理はない。

二人目の七野さんも、基礎なんてほっぽり出して普通に歩いていた。あれはあれで結構いいキャラしてたけど、基礎のウォーキングを観客が目の当たりにした方がよりステージ映えしていたであろうに勿体ない。
そんな中でも自分を前面に出す明美は、本当にあの子らしかった。

でも、足りない。

ステージの先端が見える。
あいつの顔が近付いてくる。
私らしさが出るランウェイ。
それはただ、基礎を洗練する歩み。
今まで培ったものをどれだけ自分に活かせるかという歩み。
これが多分、私らしい。
悠太の顔が視界に入る。
今まで培ったもの。
私はこれまでの道程に満足してる。
だから、私は。

「エントリーナンバー5、相坂礼奈！」

名前が呼ばれた。

飛び入り参加に近い私の名前に、誰一人として反応しない。

……ううん、多分きっといる。

今はまだ、どこにいるかは分からないけど。

一歩踏み出す。

不思議と緊張はしなかった。

誰も私を見ていない。誰も私を欲していない。

彩華さんによって大いに盛り上げられた雰囲気が、少しずつ熱を冷ましていく感覚。

不思議と申し訳ないとは思わなかった。

不思議と気まずいとは思わなかった。

だって今日の私は人数合わせ。

去年の辞退をお詫びするための、ただの欠員埋め合わせ。脇役に過ぎないんだから。

今日の主役は別にいて、それは決して私じゃない。

正面から彩華さんが近寄ってくる。

私と彩華さんが歩く直線上に、お互いはいない。

そのまますれ違うだけの、簡単なお仕事。

ほんの少し、彩華さんの歩調が緩まった。

彩華さんを照らしていたスポットライトは我に返ったように私に移って、身体を暖かくしてくれる。

彩華さんと目は合わなかった。

だけど錯覚かもしれないような瞬間に、彩華さんの視線は私に注がれているような気もした。

スポットライトが移り変わった瞬間。

それは太陽が身を隠すのと同時に、月明かりが灯り始める黄昏時のようだった。

彩華さんに空を託されたような錯覚。

……私は彩華さんによって照らされる。

いつも通り歩いていくと、意外とすぐに行き止まりになった。

ランウェイの先端。

髪を梳いてみせて、すぐに皆んなに背を向ける。

多分あと2ポーズくらいあった方が良かった。

だけど、どうせ私は見られてない。

今私に集中している視線は、陽光による誘導に過ぎない。

誰も私を見ていない。
見てない、はずだったのに。

「……っ」

悠太くん。
好きだった人。
初めて付き合った人。
大好きだった人が私を見てくれていた。
私はすぐに目を逸らしてしまった。
ひと目見れた。
だからこれ以上は求めない。
……ありがとう。
本当は、きっと君だけはって最後に期待しちゃってた。
だけどこれも、もう終わりにしなくちゃね。
胸に残った微かな想いが、少しずつ溶けていく。
次第に歓声が聞こえてくる。
そして背中に沢山の視線を感じる。

世界が急速に広がっていく感覚。
……なんだ。
誰も私を見てないと思ってたけど。
——結構、皆んな見てくれてたんだ。

吹っ切れるまでは会わないって約束してたけど。
……もうすぐ、会えるかもしれないな。
まだ確信はできないけれど。
眩しい光が降り注ぐ。
正面から近付く存在に、目を細める。
腕に嵌められたエメラルド色のブレスレットは、きっと輝いてくれている。
今日、来て良かったな。

「エントリーナンバー6！　志乃原真由！」
きたきたきたきた。

今から始まる私の時代。

先輩は就活中だけど、面接に呼ばれる時ってこんな感覚なのかな。

礼奈さんがお淑やかな歩調で近付いてくる中、私はズシッと大きく一歩を踏み出した。

礼奈さんと視線が交差する。

本番前は時間がなくて殆ど喋れなかったけど、礼奈さんの表情はどこかつきものが取れていた。

すれ違うと、鼻腔にフワッと甘い匂い。

礼奈さんにしか作れないような会場の雰囲気が、私の身体を包み込む。

彩華さんが作った空気。

礼奈さんが作った空気。

それらを全部壊さないと、きっとハードルは越えられない。

最初に打ち解けた彩華さんにしか築けない関係がある。

付き合った礼奈さんにしか解らない一面がある。

だけど全部、全部関係ない。

最後に登場した私にしかできないことが沢山ある。

私が最後になるためにしなくちゃいけないことが沢山ある。

途中で両親がいたような気がしても、私は視線を逸らさずに歩を進めた。

そしてこれまでの誰よりも速いペースで、ランウェイの先端へ辿り着く。

──先輩みっけ。


正直、今は先輩しか意識にない。

思わず口角を上げて、片手を掲げる。

自分でも驚くくらいリラックスできていて、ありのままの自分。

それもきっと先輩のおかげ。

歓声が上がり、私と先輩の時間を盛り上げる。

私がこの先、先輩の中で誰よりも大切な存在になりたい。

恋愛を知りたいとか、普通になりたいとか、今はそんな考えより純粋で大きな感情がこの胸に宿ってる。

行きたいところに行きたい。

やりたいことをしたい。

恋を教えたくれた先輩と一緒に。


──私と付き合ってください。

必ず言いますから。

最後に見た先輩は、何だか感慨深そうだった。

ステージ上に六人が横に並んでいる。

グランプリと準グランプリに誰が選ばれるのか。

この発表がされるまで、エントリー者六人は無言で待機しておかなければいけない。

座席表にはＱＲコードが割り振られており、そこから投票サイトへ移動できる仕組みになっている。

投票は各観客のスマホでされる仕様上、リアルタイムのパフォーマンスが投票に直結してしまうのだ。

あくまで当日票はランウェイを加味してのものという名目なので、今あの六人は観客に手を振るくらいしかやれることがない。

遠目から志乃原が、キョロキョロと視線を泳がせているのが分かった。

誰を探しているかも分かりそうな気もするけど、今の俺は本来色んな位置に移動して観客の声をなるべく多く聞きたいところだ。

記事を執筆するための感想は、新鮮であればあるほど、多ければ多いほどいい。

だけど正直、声が頭に入らないくらいの高揚感が胸に渦巻いていた。

「いやーすごかったな今年のミスコン、レベル高すぎだろ」

「やっぱ生で見ると印象変わるよなー、服もあるんだろーけど」

「誰？　誰にする？」

「俺五番目の人、髪銀色の」

……俺、誰に投票しよう。

観客の声を右から左へ流して、俺はステージに視線を移す。

左から香坂さん、七野さん、明美、右隣には彩華。その隣には礼奈、真由が前を向いて綺麗な姿勢で佇んでいる。

一年二人に、バスケ部エース、学年の有名人、伝統ある女子大枠、そして人気サロンモデルか。

礼奈が出場したのには驚いた。

だけど考えてみれば不思議ではなく、納得できる話だ。

うちのミスコンは姉妹校である女子大に出場枠を設ける、比較的珍しい催しだ。

例年女子大枠は一つだけ用意されていて、埋まらなかったのは去年だけ。

礼奈が本エントリーが確定する直前で辞退して、姉妹大学から代理の候補者は結局最後まで見つからず、五人のままだったのだ。

その時の責任を果たすために急遽の参加に応えてくれたとなれば筋は通る。

筋が通るだけで、別の理由に思えてならないけれど。

……いや、違うな。

俺は少しだけ、別の理由であってほしいと思っているのかもしれない。

「やっぱ明美に入れるべきだろ。つーか俺はそれ以外だと殺される。皆んなも明美投票でヨロ！」

「えー？　俺は去年彩ちゃんに大分借り作っちゃったしなぁ」

聞き覚えのある声が横から飛んで来る。

何となく目をやると——他ならぬ元坂遊動が、仲間内で和気藹々と話し込んでいた。

思わずポカンと口を開けた。

元坂の横に並ぶ男子たちは、何の因果かクリスマスの合コン時と全く同じメンツだ。

俺は素早く目を逸らすも、彼らの感想に耳を立ててしまう。

「つーかあれは元坂が合コンめちゃくちゃにしたんだろ？　お前が彩華さんに票入れるべきだぜ。彩華さんにまだ彼氏いないの、クリスマスのせいかもしれないんだし」

「いやー、それは俺らの中に彩ちゃんの彼氏務まるやつがいての話だろ。あれに誰が釣り合うってんだよ、それこそミスターコンとかじゃないとさ」

男子たちが笑い合う。

あのランウェイを見たら当然の反応だ。

しかし、ミスターコンに出場する当の元坂はあっさり言い退けた。

「俺らの中でいただろ、似合うやつ」

視線を横に向けると、皆んな「そんなやついたか？」と小首を傾げている。

それは俺も同様だったが——

「羽瀬川悠太だ。あいつなら、彩華さん多分喜ぶぜ」

聞き耳を立てていた俺を含め、グループが一瞬シンとなる。

……めちゃくちゃ気まずい。

俺のすぐ左隣にいる男子が言葉を連ねた。

「あー確かに。酔ってるお前にガッツリ反抗してたし、少なくとも俺らの中では優良物件っぽいよな。遊ばなそうだし」

「俺も覚えてる、全く遊んでなさそうだしいい人ぽかった」

……このタイミングで顔バレはしたくない。

そそくさとスマホに視線を落とし、投票画面を開く。

いつの間にか、締切まで残り数分。

誰に投票するか、迷った末に決めた。

あくまで俺の見たミスコンのパフォーマンス単体として、独断と偏見だ。

リンクを踏んでからワンタップで投票し、ものの数秒で作業が完了してしまう。

あれだけ長い準備期間を経て、こんなにも一瞬で決められるなんて。

いや——何事も決断する瞬間はそうなのだろう。

どれだけ事前準備が長くても、どれだけ選択に迷っても、決断する瞬間だけ切り取ればそれは刹那の出来事だ。

だから時に——今までの積み重ねが思考を介さない反射的な選択を生むこともある。

しかしそれは考えなしに生まれた結果ではなく、これまでの道程が導き出したゴール。

もしかしたら、俺は。

思考を男子の声に引き戻される。

「元坂も酒癖直ったらいいのにな」「明美に矯正されてるわ」という応酬を耳にしながら、俺はスマホをポケットに入れた。

チラッと横に視線を流す。

……元坂、まだ此処にいるのか。

彼も数十分後に本番を控えているというのに、まだ観客席に残っているなんて余程明美を応援したいんだろう。

……本当に変わったんだな。

恋愛は人の在り方さえ変えてくれる。

そう思った時。

大人しいBGMがアップテンポに切り替わる。

結果発表の時間が近付いてきたのを察して、俺は急いでステージに視線を戻した。

それは司会が声を張り上げるのと同時だった。

「投票締切まで一分前！　ワンタップでできるので、皆様ぜひお願いします〜！」

名前は確か、友梨奈(ゆりな)さんだっけ。

彩華に中学時代の写真を見せてもらった際に映っていたような。

不意に彼女の顔に既視感を覚える。

横でアシスタントさんが次のカンペを用意しているのが見えた。

いよいよ、決まる。

……いよいよだ。


「それではお待ちかね！　第三十八回ミスコンテスト、結果発表です！」


司会の人が声高々に宣言すると、会場からは割れんばかりの拍手が集まった。

俺もまた思考を中断し、意識を司会に集中させる。

……これで決まる。

エントリー者にとっては一ヶ月の準備期間が報われるかどうかの瀬戸際が、すぐそこまで迫っている。

途中参戦だったが、参加者が日頃から節制したり、ＳＮＳ活動や食堂前に立って道行く学生たちに挨拶をしたりと、少しは努力を見てきたつもりだ。

志乃原や彩華は努力を努力と思わせないくらい普段通りにしていたから特に意識しなかったけれど、彼女たちもきっと一人で戦う時間が多かったはずだ。

願わくば――

「準グランプリ！　エントリーナンバー6、志乃原真由さん！」


思わず拍手を打ち鳴らす。

ステージ上で、志乃原がちょっと驚いたように目を見開いた。

一瞬残念そうな表情を見せた彼女は、すぐ笑顔に切り替える。

本気でグランプリを目指していたのが伝わってくる。

……そういう自信に満ちた彼女は、かつての姿と同じ。

それがかつての気持ちを想起させる。

「……志乃原さんが俺的に一番だったんだけどなぁ」

元坂の友達が拍手をしながら、残念そうに呟いた。

「志乃原真由って事前のフォロワー数は確か一位だったろ？　当日票の割合って5：5だと思ってたんだけど、やっぱ多少傾斜つけてんのかね」

「当日票の方が少なかったのかな。6位まで票数の内訳とか開示してくれりゃいいのに」

「アイドルじゃあるまいし、そこまではしないだろ。残酷な結果になる危険だってめちゃくちゃあるんだぞ」

元坂がまともな返事をした。

既にSNSのフォロワー数などが可視化されている中で、当日の票数まで赤裸々になっては良い思い出どころではない人も出てくる。

「志乃原さんに勝つグランプリって相当ハードル上がりそうだけど」

「いやー今年のレベルが高すぎるし、まあ全然あり得るだろ。志乃原さんも例年なら間違いなくグランプリレベルだけど、他候補にも彩華さんとか銀髪の女子大生とか——」

「だから明美だって！」

元坂がそうムキになった途端、周囲が沸いた。

栄えあるグランプリの発表が近い。

そして。

「第三十八回ミスコンテスト。グランプリに輝いたのは——エントリーナンバー４！　美濃彩華さん！」

割れんばかりの拍手が巻き起こる。

準グランプリが志乃原だった時点で、大体察しはついていた。

レクリエーションを含めると、きっと会場の盛り上がりを自在にコントロールできるのは彼女だけだ。

しかし彩華の表情は満足げというより、覚悟の決まった表情だった。

その表情で、俺は次を改めて想起する。


——そうか。俺たちは、この後。


彩華と志乃原の手に、大袈裟(おおげさ)なくらい大きな花束が授与される。

グランプリを獲(と)った彩華には、金色に輝く細長いトロフィーだ。

これから二人には豪華特典以外にも、スポンサーの商品紹介やインタビューなど、仕事が盛り沢山。

彩華に関しては直近の就活においても良い方向に作用する可能性もあり、恩恵はとても大きいものだ。

グランプリは、学祭から時間が経過するごとに不公平の視線に晒(さら)される事案も時折あるようだ。

しかし今年は——この鮮烈な存在に、誰一人文句を言えないだろう。

純白のドレスを身に纏(まと)った美濃彩華が、花束を片手に持ってお辞儀する。

「……やっぱグランプリは彩華さんだったな」

「俺の中では明美がナンバーワンだ……」

男子の呟きに、元坂が悔しそうに歯嚙(はが)みする。

二人が観客に向けて改めてお辞儀をしたところで、ウイニングウォーク用のＢＧＭがジャンッと鳴り響いた。

「それでは両者、グランプリと準グランプリのウイニングウォークになります！　皆様、美濃彩華さんと志乃原真由さんに盛大な拍手をお願いします！」

観客のボルテージは最高潮。

そして次に起こった出来事を経て、俺は後の記事にこう記載することに決めた。

間違いなくこのミスコンは近年最も盛り上がった回である、と。

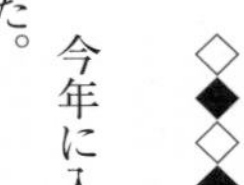

今年に入るまで、悠太に対しては恋としての感情よりも友としての感情の方が大きかった。

潜在意識で恋していたからこそ、悠太には〝誰か〟と上手(うま)くいってほしいって気持ちが両立できていた。

明確なのは、将来も隣には私がいたいという漠然とした感情だけ。それが恋愛には直結していなかった。

きっと恋に気付かないままの方が随分楽だったと思う。

だけど先で気付くくらいなら、今気付く方がいい。

恋を自覚してからは自分の状況をよりリアルに分析できて、悠太やその周りにいる人の機微が如実に伝わるようになった。

真由や礼奈さんに対するあいつの反応が、より私の心にも伝わってきた。

そして、真由と一緒にいるあいつの顔を見て思った。

楽しそう。

輝いてる。

私に見せない顔、してんじゃん。

嫉妬の気持ちもある。

でも自分で驚いたのは、少し微笑ましい気持ちになったこと。

隣にいるのは私じゃなくてもいい。

そんな気持ちが少なからずあることにも気付いてしまった。

だったらもう——あいつめがけて、あいつを目指して、一直線に進む真由の邪魔はしちゃいけない。

礼奈さんに対しても同様だ。

罪滅ぼしの気持ち以外にも、確かにあった。

だから私は、夏の海への合宿では特に大きく動かなかったのだ。

もしあいつが私以外と付き合っても、幸せならばそれでいい。

私が彼の前から消えない限り、ずっと関係性は続いていくのだから。

「それでは、グランプリ美濃彩華さんのランウェイです！」
スポットライトが身を焦がす。

――クソくらえ。

視線を上げる。
花束とトロフィーを握りしめ、一歩進み、一歩重ねる。
歓声が耳朶に響き渡る。
誰かに譲っても構わない――そんな想いは夜の海に捨ててきた。
このグランプリは証明だ。
私は絶対、悠太の隣に立ってやる。
花束を悠太に投げる。
彼が手を伸ばす。
悠太は受け止めた花束を凝視してから、私に真っ直ぐ視線を向ける。
人差し指でビッと指差す。
あとで、伝える。
あんたの隣は、譲れないから。

第11話　答え

「いやー今年まじでやばかったな。まだ余韻あるわ」

「レベル高すぎて来年が心配なんだけど」

「分かる分かる」

ミスコンが終わって十数分。

興奮気味に語り合う男子を横目に、俺は足早に会場を出る。

同じ会場でまた十数分後にミスターコンが始まるが、俺に観覧の予定はない。

俺はあくまでミスコン運営。

ミスターコンの運営とは完全に別形態という扱いのせいで準備期間は些か非効率だったが、当日は柔軟に動けて助かっている。

今日の俺にとってはプラマイプラスだ。

左右を見回しながら歩を進める。

構内は何処も人でごった返しているように見えて、その実は空いている場所もある。

特にうちの学生でなければ立ち入らない場所は顕著だ。

十号館の裏側に創設者の銅像が構えられた小さな庭は、この校舎を通らなければ入れない。

人気者との待ち合わせには絶好のスポット。

ドアを押し開けると、見慣れた後ろ姿が俺を待ってくれていた。

「お疲れ」

そう声を掛けると、ミスコングランプリが振り返った。

彩華はグランプリを獲ったにもかかわらず、不機嫌そうに口を開いた。

「遅い。なんで私の方が早いのよ」

「彩華が早すぎるんだって。俺だって知り合いにちょっと捕まってただけで、その後は真っ直ぐこっちに向かったんだぞ」

「知り合いって、礼奈さん？」

彩華の問いに、俺は目を瞬かせた。

「……違えよ。礼奈とは最近連絡も取ってない」

「そう。なら、今日はびっくりしたんじゃない？」

小さく頰を緩めた彩華に、俺は苦笑いした。

「びっくりしたどころじゃねえよ。心臓止まるかと思ったわ」

少し大袈裟に言うと、彩華は声を上げて笑う。

黒のタートルネックに、黒のパンツ、黒のアウター、黒のハイブーツ。

オールブラックのコーデは、彼女の大人っぽさを際立たせている。

その容姿から発せられるかつてと変わらない笑い声を聞きながら、俺は改めて声を掛けた。

「優勝おめでとう。途中参戦でも獲っちまうなんてさすがだな」

「ありがと」

彩華はこともなげに短く返す。

続きの言葉を待ったが、どうやらこれで終わりらしい。

肩透かしを食らった気分になる。

あれだけの大歓声を受けていたのに、まるで興味がなさそうだ。

「んー……全身黒って、さっきと真逆だな？」

俺が話題を転換するためにそう言うと、彩華は肩を竦めた。

「周りにバレないようにしてんのよ。真っ白なドレス着てた人が急に黒尽くめになったら、少なくともあと三十分くらいはミスコン出てた人とは思われないでしょ？」

「なるほどカモフラージュか……芸能人みたいな思考回路だな」

「大袈裟な言い方ね」

実際、暫く彩華は構内でそんな扱いになるだろう。

グランプリには地元メディアが取材に来るし、雑誌からも声が掛かる。アナウンサーへのルートも広くなるのは周知の事実だし、手にするものは大きい。

しかし彩華は未だに全く興味なさそうだった。

「なんか彩華、全然喜んでないな」

「当たり前でしょ」

彩華は息を吐いて、俺に目をやった。

「――今から百倍大事な時間があるんだもの。気にしてなんかいられないわよ」

校舎越しから愉しげな音楽が聴こえてくる。

一つ建物を挟むだけで、別世界のような感覚。

すぐ傍は学生でごった返す構内なこともあり、俺は「今ここでか？」と言葉を返す。

告白への返答の日。

つまり今日がどんな日になるか、彩華とどうなる日か俺にはもう分かっている。

それなのに、答える側の俺も緊張してしまう。

彩華は呆れたような表情を作って、口を開いた。

「んな訳ない。此処から移動するわよ」

「今日は人気のない場所限られてるぞ。外出るのか」

彩華は大きめのバッグを肩に掛け直して、すんなり首を縦に振る。

「うん。見ての通り、このまま家に帰れるくらいだし」

「……分かった。じゃあ――ついてきてくれ」

彼女に返事する場所は決めていた。

それは二人の思い出の地。

先月にも訪れた、始まりの地。

「ちょっと、どこ行くのよ」

「いつものとこだ」

「いつものとこ？」

彩華は怪訝な声で繰り返して、今度は小さく息を吐く。

「まさか母校とかじゃないでしょうね」

俺はピタリと足を止めた。

振り返ると、彩華はめちゃくちゃ嫌そうな表情を浮かべている。

「……不正解！」

「その反応正解だったわね。なんかごめん」

「謝るくらいなら当てようとしないで！」

俺が項垂れると、彩華は口元を緩めた。

「場所なんて気にしないでよね。私からしたら、むしろ道端で言われるくらいが丁度いいんだし」

「んなことできるか、そもそも人前で話す内容じゃねえだろ」

さすがに無理難題だと返事すると、彩華は口を開いた。

「人さえいなければ、ほんとにそれでいいわよ。できるだけ……早く返事がほしいし」

校舎の中を移動するにつれ、人が増えてくる。

早めに言葉を返そうとしたが、遅かった。

「おい、あれグランプリじゃね？」

彩華はピクリと反応する。

彩華に投票してくれた学生だろうか、好奇心満点でこちらに近付いてくる。

彩華のオーラに中てられたのか、俺と行動してることにも気付いていないようだ。

「……逃げるわよ」

「え？　でも」

「いいから行く！」

彩華は俺の手を取って、地面を蹴った。

最初はただの小走りだった。

人の間を縫うように移動して、構内の隅の方へと進んでいく。

人が少なくなるに連れて次第に加速して、裏門を出る頃には既に息切れしてしまっていた。

「なあ、おい、いつまで、走るんだよ！」

「私がいいって言うまでよ！」

「明美と鍛えてるやつに付いていけるか⁉」

彩華が俺の手を引いて、前へ突き進む。

引っ張られる感覚に抵抗しようにも、その体力すら削られていく。

「なんだって大事な時間の前にこんなに消耗させるんだ……！」

「そのためにあんたサークルで体力つけてんでしょうが」

「違いますけど⁉」

「ほんとは、私も行きたい場所があるのよ。行くことにした」

そう言った彩華の頰は紅潮していた。

……そうだ。

緊張しないはずがない。不安じゃないはずがない。彩華はきっと、荒ぶる胸の動悸を誤魔化すために駆けている。

俺は彩華に追いつき、彼女の横に並んで走る。

彩華の息遣いが横から聞こえる。

視界の隅に景色が流れている。

高校の景色。

事務的な連絡を一、二回しただけの、ただのクラスメイト。

放課後の教室。部室裏の塀。だだっ広い運動場。受験会場。卒業式。

大学の景色。

高校時代から連れ添った一番の親友。入学式。サークル。彼女。元カノ。後輩。旅行。

就活。

全部、彩華と一緒に経験したことだ。

こんなにも長い間、俺たちは密な時間を過ごしてきた。

景色が進むに連れて、掌（てのひら）を握る力が強くなる。


――俺は。


辿（たど）り着いた先は、本当に何でもない公園だった。

人気のない公園で、人っ子一人見当たらない。

久しぶりに訪れた公園に、俺は目を見開いた。


「答え、聞かせて」

彩華は俺を真（ま）っ直（す）ぐ見据える。

瞳の中で、俺の顔が揺れている。

息を吸う。

学祭が終わったら告白する。

そう決めた途端、胸は楽になっていた。

ミスコン用にバッチリ決まったメイクも、告白のための武装。

お肌のコンディションもバッチリで、今朝は神さまが〝今日がベストだ〟って言ってるみたいだってテンションも上がった。

そんな陽気な気分は、彩華さんに負けた時点で一抹の不安へ変わったけれど。

でもその不安がより色濃く胸を蝕んだのはその後だ。


今、私は走っている。


花束も荷物もロッカーに置きっぱなしで、衣装もすぐに着替えて。

それはただ、先輩を探すために。

会場の中には続けてミスターコンテストを見る人が溢れているけど、席は大体把握しているので、会えるまで時間は要さないはずだった。

それなのに姿が見えなかったから焦っている。

私は小走りしながら会場から出て、先輩の姿を追い求める。

「あっ」

知らない人とぶつかってしまい、後ろに倒れそうになる。

何とか堪えて、すぐ謝った。

「ごめんなさい！　私全然前見てなくて――」

「あ、準グランプリ！」

「えっ」

目をパチクリさせると、全く見覚えのない人だった。

口調からして上級生だろうか。

ぶつかられたことを気にも留めず、それどころか嬉しそうに目尻を下げている。

「準グラおめでとう！　これから応援してるよ、将来はやっぱアナウンサーとかなりたいの？」

「あ、ありがとうございます。先のことはまだ全然何も考えてないですけど……」

戸惑いながら答えていると、先輩らしき後ろ姿が見えた。

先輩は学生会館と裏門のある方向へ向かっている。

だけどそれは人混みの先で、すぐに追いかけても辿り着けるか微妙な距離だ。

せめて見逃さないように目を凝らしていると、上級生が機嫌良さそうに話を続けた。

「俺、友達に局から内定貰ったやついてさ。アナウンサーに興味出た時に教えてあげられるかもしれないから、ちょっと君の連絡先――」

「大丈夫です、ちょっと急ぎがあるので失礼します！」

完全なナンパ文句に続く前に退散する。

ミスコンで得られる副産物なんてこんなものだ。

生憎全く興味が無くて、後ろからの声は言葉になる前に耳から抜け落ちる。

そのまま人混みを越えようとしたけど、今しがたのロスタイムで先輩の姿を見失ってしまった。

「あーもう……！」

私が焦っていたのは、更衣室に彩華さんの姿がなかったからだ。

私は七野さんや香坂さんと軽く談笑した後に更衣室へ戻ったけど、既に彩華さんのロッカーからは荷物も消えていた。

ファイナリストたちの皆んなは「すごい早いね」って驚いた後、全然気にしてない様子だった。でも私は違う。

ステージから捌けて速攻で荷物を纏めるくらいじゃなきゃ、十数分談笑した私たちと少しも顔を合わせないまま退散なんてできない。

つまり、彩華さんにはそれくらい優先度の高い用事があったということだ。

嫌な予感がする。

こういう勘は当たる、なんてよく言うけどそんなのまやかしだと思っていた。勘が当たった時に後付けしてるだけでしょって思っていた。

でも胸に渦巻く焦燥感は、どうしたって無視できない。

ようやく人混みを越えると、悠太先輩の姿は完全に無くなっていた。

この先には学生会館と、中庭を挟んで校門に続く道しかない。

……限られた選択肢だけど、校舎内や校舎裏を含めたら――

私は財布を取り出して、学生会館へ入室する。

学生証を改札口へタッチして、そのまま階段を駆け上がる。

何人かとすれ違ったけど、自分の顔を見られないように掌で隠す余裕はあった。

最上階には普段閑散としているテラスがある。

先輩からインタビューを受けた新しいテラスに人を根こそぎ奪われた寂れた場所。

今日明日はテラスで学祭運営陣による自由参加の打ち上げがある予定で、今は貸切状態になってるはずだ。

ミスコンが終わった直後だし、今誰もいないかもしれない。

私の勘が正しければ、絶好の逢瀬(おうせ)スポットになってるはず。

急げ、急げ。

多分、彩華さんは先輩に――

テラスへのドアを勢いよく開けると、何人かがビクッと振り返る。

一人が「あ、ミスコンの人」と声を掛けてきたけど、愛想笑いのひとつもせずに柵側に駆けた。もう余裕は無くなっていた。

先輩たちがテラスにいなかった。

貸切の時間はまだだったみたいで、思い切りアテが外れた。

やばい、また時間ロスった。

だったらここから先輩たちがいそうなところを見渡すしかない。

校舎裏に続く中庭は入り組んだ道がいくつかあって、このテラスからなら一望できる。

右左、右左。

だけど、二人とも見つからない。


「――なにしてるの？」

不意にした声に、思わず振り返る。

アッシュグレーの髪の、幻想的な雰囲気。

まさかのタイミングで、二人になるのは数ヶ月振りだった。

「……礼奈さん」

「廊下で追い越されてたんだけど、やっぱり気付いてなかったね」

こんなに目立つ人が視界に入らないなんて、私はよっぽど焦っているのだろう。

「すみません、私……」

「ううん、いいよ。探してるんでしょ？」

礼奈さんの問いに、私は目を見開いた。

探してる。

悠太先輩のこと？

一瞬で看破されるような顔をしちゃってるなんて。

自分で頰を抓ると、礼奈さんはそっと掌を重ねてきた。

「悠太くんなら、さっき大学出たよ」

「そう――ですか。えっと、その」

「真由ちゃんを追いかけてる時、裏門から出て行ってるの見かけたんだ」

礼奈さんは私から掌を離して、髪を梳く。

遮蔽物の少なさからいつもより強めの風が吹いて、礼奈さんは「わ」と髪を押さえた。

ミスコン本番に手首へ付けていたエメラルド色のブレスレットが無くなっている。

だけど、今の私にはそれについて言及する時間が惜しかった。

「礼奈さん、私……行きますね」

「うん。私もここで那月を待っとく」

礼奈さんはニコリと口角を上げる。

嬉しいはずの再会だった。

だけど目の前のことで精一杯な私は、ガバッとお辞儀してから踵を返す。

テラスから校舎に戻ると、すぐに私は走り出す。

もしかして、何か伝えたいことがあったのかな。

その可能性に思い至ったのは、少し後のことだった。

人混みから閑散とした場所へ。
賞を何も取れなかった私だったけど、満足していた。
真由ちゃんの背中を見送る。
敵に塩を送ったつもりはない。
ううん、違う。
真由ちゃんも彩華さんも、もう恋敵じゃない。
私はもう、悠太くんの元から別離した存在だから。
数ヶ月前まではそんな風に思えなかった。
もう一度あなたと、やり直せるなら。
もうこれからは、遠慮しないから。
そうして復縁のことばかり考えていた私は沢山失敗した。
いつかは失恋を「あの時は青かった」って笑える日がくる。
半年前の私は、そんな日なんて来ないと思ってた。
だけど今は、この調子ならいつか訪れるかもって思える。
テラスから移動し階段を降りている時、窓越しに真由ちゃんの姿が見えた。

彼女の表情から、悠太くんの元へ向かうのは火を見るより明らかだった。

悠太くんの姿を目にした時、彼は彩華さんと一緒にいた。

もしかしたら今日は彩華さんと真由ちゃんの大一番なのかもしれない。

それを察したから真由ちゃんに言いたいことがあったんだけど、言い損ねて良かった。

私としては、悠太くんがどちらと付き合っても構わない。

彩華さんと付き合っても、真由ちゃんと付き合っても、彼はきっと幸せだから。

悠太くんを左右するのは、多分その幸せの在り方に彼自身がどう思うかだ。

ドアを開けて、外の世界へ踏み出す。

辺りの喧騒は一層強まって、私も裏門の方へ足を向けた。

……こうして考えを巡らせていると、自分がすっかり部外者として馴染んだことを自覚する。

そして、そんな自分に納得していることも。

三ヶ月前の私が今の私を見ても、きっと納得してくれる。


「礼奈さん？」


声に振り返ると、男性の顔があった。

数秒後、彼が見知った顔であるのを認識する。

最後に会ったのは一年前。

当時はマッシュヘアの丸メガネだったけど、今はコンタクトにしたのかメガネは掛けていないし、襟足も伸びている。

私と悠太くんが別れる原因となった光景を作り上げた人。

──豊田くん。

彼を恨んだこともあった。

憎んだこともあった。

貴方さえいなければって、何度も思った。

だけど今彼を見ても胸がざわつかない。

つまりやっぱり、そういうことなんだろう。

「ご無沙汰です。いや、会えたの奇跡ですね」

「……うん」

「ミスコン見てました。相変わらず、めちゃくちゃ綺麗でした。出るって情報聞いた時は死ぬほどビビりましたよ」

豊田くんは口角を上げて、嬉しそうに言葉を連ねる。

「俺、一つ前の席が礼奈さんの彼氏さんだったんですけどね。彼氏さん、めちゃくちゃ見入ってましたよ」

私は目を見開いた。

「……そっか」

その反応に何かを感じたんだろうか。

豊田くんはバツの悪そうな顔で言った。

「あの時、彼氏さんに対して失礼なこと言ってすみませんでした。思い出したら俺、フラれて当然だなって反省しました。自分上げるために他人下げるなんて、一番ダサいですよね」

私は目を瞬かせる。

今しがたの言葉もそうだけど、後ろに豊田くんをソワソワした表情で見守る女子がいたからだ。

「もう気にしてないよ。——済んだ話だし」

「そう言っていただけると……ありがとうございます」

「うん。……あと、私とお話ししてて大丈夫？　もしかして今、デート中とかじゃない？」

「え？　あーいや……違いますよ。ただの……友達、だと思います」

その反応、何かあるでしょ。

そう軽口を叩こうとしたけど、やめた。

あの後ろにいる子にとって、今の状況は気が気じゃないはずだから。

豊田くんは私の言葉を待った後、少しだけ気まずそうに口を開いた。

「じゃあ……俺、行きますね。ほんとに声掛けたかっただけなので」

「うん。……元気でね」

「……はい！」

早速元気に答えて、豊田くんは女子の元へ駆けていく。

彼も先に進んでる。

人が先に進む姿は、誰であっても感慨深い。

同じ気持ちを、彼も感じてくれただろうか。

きっと彼はまだ私と彼が付き合っていると勘違いしてるだろうけれど、その気持ちだけでも伝わっていたら嬉しいな。

ミスコン本番前は、私が先に進む姿を誰かが見ていてくれるかなということだけ気にしてた。その誰かは、たった一人以外は誰でも良かった。

私はすぐに視線を逸らしちゃったから、確信できていなかったけど。

その肝心の人に、しっかり届いてたみたいだ。

私が一番見てほしい人に。

かつて大好きだったその人に。

気付けば、自然と口角が上がっていた。

――悠太くん。

あの時の言葉、覚えてくれてるかな。

向き合える時までは、連絡しない。

次にあなたの前に現れるのは、もっといい女の子になった時。

あなたと向き合えるまで、あと少しだけ掛かりそう。

だけど、もう少ししたら——一通だけ、連絡させてほしいな。

私はもう大丈夫。

前に進んでるからねって。

◇◆◇◆

走る。

走る。

走る。

もし悪い予感が当たっているなら、悠太先輩は彩華さんと合流している。

そして彩華さんは静かな場所へ行きたいはずだ。

二人の行き先にアテはない。

だけど先輩の家に向かえば、会えるような気がした。

道中で二人が歩いていても、ご飯を食べててもおかしくない。

たとえすぐに会えなくたって、一番先輩との思い出が詰まってる家にいれば、いつもの笑顔で帰ってきてくれる気がした。

全部、気がするだ。

都合の良い未来を信じたいだけ。

……そんなことは百も承知。

私にとって良い未来を手繰り寄せるために走っている。

望みは薄いかもしれない。二人で学内を出て行った時点で、諦める人もいる状況だと思う。だけど、まだ可能性が残されている。

二人に追いつくことができれば、止められるはずだ。

息が上がる。

視界が狭窄(きょうさく)してくる。

限界が近付いてきているのを感じながら、私はぼんやり思考した。

神様、お願いです。私を先輩と引き合わせてください。

少し立ち止まり、膝に手をつく。

身体(からだ)の疲労はピークになっても、不思議と心は充実している。

今まで異性のために自分がこんな行動をとるなんて思ってなかった。

思い返しても、周りでこんなに必死になった話なんて聞いた覚えがない。

私にとって、それだけ先輩への想(おも)いが強いんだ。

「……当たり前じゃん」

そう呟(つぶや)いて、重くなってきた足をまた動かす。

両親の離婚をきっかけに、私は恋愛が分からなくなった。

中学時代に恋愛を〝普通〟と結び付けていた私は、コンプレックスを解消するために彩華さんへ依存した。

去年のクリスマスシーズンに先輩と出会わなかったら、私はきっと一生燻（くすぶ）った気持ちを持ったまま生きていたはずだ。

それが先輩に恋を教えてもらって、変わることができた。

あれだけ変わりたいと思っていたから、本来それだけでも御の字だ。

だけど、もっと求めてしまう。

先輩とは何かする日じゃなくても、ただ一緒にいるだけで、言葉を交わすだけで夢のような時間だったから。

恋を教えてくれた先輩と、ずっとずっと一緒にいたいって。

そのために今日、私は絶対に想いを伝えるんだ。


先輩、好きです。

私と付き合ってほしいです。

先輩は私の、特別だから。


住宅街を走る。

次の角を曲がると、アパートへの直線上に躍り出る。

そして——いた。

奇跡。

神様はいた。

「先輩……」

私は壁に手をつき、息を整える。

私服姿に着替えた彩華さんは、やっぱり一人じゃなかった。

予想通り先輩と二人、肩を並べて歩いている。

すぐ傍(そば)には先輩の住まうアパートだ。

この距離でも小さくても挙動くらいは分かるから、悪い勘が当たってしまう前に追いつかないと。

まだ、間に合う。

私が先を急ごうと、駆け出そうとした瞬間だった。

——私は何のために彩華さんを見つけたかったんだろう。

先輩と一緒にいる彩華さんを邪魔したかったんだろうか。

彩華さんと一緒にいる先輩に、こっちを見てほしかったんだろうか。

たとえ邪魔したって、たとえ先輩が私を見てくれたって。

先輩にそのつもりがないなら——先輩が彩華さんを好きなのだとしたら。

こんな画策、全部何の意味もないというのに。


——先輩と彩華さんが手を繋いだ。


そして、そのままアパートへと歩いていく。

世界が真っ暗になった。

彩り溢れていた世界が、先程まであれだけ華やかだった世界が、音を立てて崩れていく。

瞳の潤いが急激に失われていくのに、瞬きができない。

私はいつの間にか掌をギュッと握っていたみたいだった。

固く握った掌から、力がストンと滑り落ちる。

「……はは」

乾いた声が、口から漏れる。

頭の中を駆け巡る、夢のような時間。

それが今日、終わりを告げた。

第12話　美濃彩華

また、青い日の夢を見た。
何度目かになる夢だ。
夕陽(ゆうひ)の差し込む教室、窓際で佇(たたず)む女子生徒。
物憂げな表情で校庭を眺める、女子生徒の横顔。
声を掛けようと口を開くと、女子生徒が振り返る。
窓が開く。
空から降りしきる雪が、彼女の足元にヒラリと落ちた。
俺は——

キッチンから流水音が聞こえてくる。
シンクに水が弾(はじ)ける音。

お皿がカチャカチャと擦れ合う音。

そして、程よい満腹感。

すっかり日常に溶け込まれた感覚に微睡んでいるうちに、いつの間にか眠ってしまったようだった。

それを自覚して、少し気合いを入れてから目を開ける。

「ん……」

視界に入ったのはいつもの自宅の天井だ。

木目模様や霞み具合はいつもと何ら変わっていない。

いつも通りの光景。

いつも通りの毎日。

暫くぼんやりしていたが、段々意識が覚醒してくる。

ミスコンから数週間が経ち、十二月になった。

あれだけの非日常、盛り上がった舞台を終えた後でも、自宅は何一つ変わらない。

自分の意志以外で何も変わらないのは自宅ならではの安心感だ。

いや――変わったことが一つだけ。

「――起きた？」

柔和な声がして、俺は視線を横に向けた。

視線の先には一人の女子。

美濃彩華と目が合った。

「……どうしたの。あんた今、結構変な顔してるわよ」

彩華が怪訝な顔で、首を傾げる。

失礼な発言の割に声は柔らかい。

長年の付き合いで、冗談めかした裏に心配の色が含まれているのが解った。

「いや……ちょっと夢見てた気がしただけだ。内容とか全然覚えてないけど」

俺の返答に、彩華は小さく頷いた。

「ふうん。ならもうちょっと寝とく？　この後予定もないんでしょ」

彩華の問いかけに少し迷った後にかぶりを振って、ゆっくり上体を起こした。

「やめとく。もう昼過ぎだし」

休日とはいえ、これ以上寝てしまったら生活習慣が狂う。

自分に甘い俺は、一度狂った生活習慣を矯正するのに時間が掛かってしまう。

彩華は俺の答えを聞いて、少し寂しそうに「そう」と言った。

「じゃあ今日は夜ごはん食べる？　作っておくけど」

「食べるには食べるんだけど、さすがに作ってもらうのは悪いって」

「遠慮しないでよ」

「するだろ普通。もう数週間連続だぞ」

ミスコンが終わってからというもの、彩華は殆どの食事を手料理してくれる。

俺からお金も受け取ってくれないし、正直かなり気が引ける思いだ。

しかし彩華はお皿を片手に、あっさり答えた。

「何言ってんの、今はこうさせてって言ったでしょ。気にされる方が嫌なんですけど」

彩華はお皿の水分を拭き取って、一枚食器棚に置く。

そしてその場で少し佇んでから静かに呟いた。

「もちろん、迷惑になるならやめるけど」

「迷惑なわけないだろ」

そう答えてから、すぐに付言する。

「彩華は知らないと思うけどな、こっちは今長年の願い事が叶ってんだぜ」

「願い事？」

「ああ。彩華の手料理沢山食べるってことだよ。男子の総意が、俺にだけ無いわけじゃないんだぞ」

返事を聞いた彩華は、目をぱちくりさせる。

刹那の沈黙。

そして照れたように口を開いた。

「……そんなこと、今まで一言も言わなかったじゃないの。早く教えてよね」

「今の関係性だから言うべきだろ、こういうのは」

「……そうね」

彩華は髪を耳に掛けた。

彼女の些細な仕草にも、何度目を奪われたか分からない。

「それにその、なんだ。俺たちの仲で改めて言うのも結構恥ずかしかったんだよ。しょうもない男心をどうか分かってくれ」

「あはは、相変わらず可愛いとこあるじゃない」

「うっせ」

俺はベッドから降りて、身体をググッと伸ばす。

時計に目をやると、昼の十三時。

どうやら朝ご飯を食べてから、二時間も昼寝してしまったらしい。

ミスコンが終わってから数週間、それは彩華が毎日のように家に来るようになって数週間経ったということでもある。

だからだろうか。

志乃原は家に来なくなった。

数週間以上自宅に来ないのは、今までもあった。

だけど――連絡まで取れないのは初めてだ。

志乃原はミスコンの打ち上げにも顔を出していなかったので、出席の確認をしたのが最初の連絡。

次の日からは『今日体育館に一緒に行くか？』や『サークルは出る？』など、計三回。

それらのラインには既読すら付いておらず、その他ＳＮＳの更新もない。

ミスコン後で顔が広まっているので心配の気持ちがあったが、確かめる術はない。

いずれにせよ、これ以上の追いラインは控えた方が無難かもしれなかった。

彼女に何か他の事情があったとしたら、今の俺にしつこく連絡されるのは迷惑だと思うから。

「どうかした？」

「いや……なんでもない」

俺は時計から視線を外し、本棚の前に腰を下ろす。

お気に入りの漫画たちが、一冊も欠けることなく連なっている。

……志乃原が家にいたら、決まって一冊は抜け落ちていたな。

何冊も纏まって抜け落ちないのがあいつの性格を表している。

掃除をする際の手間なんて、俺はいつも考えずに散らかしてしまっていた。

ブーブー文句を言いながらも片付けをしてくれていた存在。

「真由(まゆ)とは連絡ついた?」

思わず彩華に目をやった。

志乃原の〝し〟の字も出していなかったというのに。

「……お見通しかよ」

「そりゃ当然ね」

「似たもの同士だからかな」

梅雨時の彩華に言及していたのがバレたのか、ジッと睨(にら)まれる。

実際に彩華も梅雨時に大学を若干サボっていた時期があったし、先輩後輩で取る行動は似ているのは事実だ。

「何か言ったかしら」

「すいません」

俺は慌てて本棚に視線を戻すと、彩華はフフッと笑う。

どうやら冗談だったらしく、内心ホッとする。

「きっと真由は大丈夫よ」

「……だといいけどな。俺は今できることをするしかないし」

いざとなれば、いくらでもやりようはある。

志乃原のいる必修科目の講義室前で出待ちするとか、そういった強引な手法を取るにはまだ早いというだけのこと。

要は、今は様子見の時期ということだ。

「今日も就活の準備するのよね？」

「ああ、まあ……基本的にはそうするつもりだな」

向き合った俺の返事に、彩華は頬を緩めた。

「あんた、ほんとに頑張ってるわね。私も見習わないと」

「彩華にそんなこと言われるなんてむず痒いな。でもこんな日が来るなんてって感慨深くもある」

俺が肩を竦めると、彩華は「あーなんか生意気」と笑みを溢した。

「あんたが出て行ってる間はどうしよっかなー。この家の片付けでもしとこうかしら」

「え、そんなわざわざ片付けられるほど汚くないだろ？」

俺はそう答えて部屋を見回す。

去年は衣類や漫画やレジュメ、投函されたチラシなどがこれでもかというくらい散らばっていた部屋も、今年に入ってからは整理整頓されている期間の方が長い。

「今までは真由がやってくれてても、私にとっては関係ないわよ」

俺は瞼をピクリと動かす。

「見えないところに埃とか溜まってるかもしれないでしょ？　エアコンとかレンジフードは掃除したの」

「……してない。多分、全く」

「あー、でしょうね。じゃあ時間あるうちに掃除しとかなきゃ。本格的に就活始まったら、あんたのことだし余裕無くなるわ」

「ぐ……」

正論だ。

だけど今は、他に優先したいこともあった。

このままでは掃除談義が続きそうだったので、俺は先程から訊きたかったことを口にした。

「でもさ、俺今日も来週も図書館とかで作業する予定なんだけど。彩華はずっとこんな感じでいいのかよ？」

「え？」

彩華は目を瞬かせる。

そして発言の意味を理解したのか、フッと息を吐いた。

「さっきから何言ってんの。私、あんたの邪魔になるのは嫌なのよ。気にせず好きにしてほしい」

彩華は髪を指で一度捻る。

「……まあ、今の状況とは矛盾してるかもしれないけど」

「アホ、邪魔になんてなるかよ」

ピシャリと言った。

彩華の存在を邪魔に感じることは断じてないと確信できる。

だから俺たちはこうした関係なったのだ。

どちらにしても今日は予定が入っていないし、元々軽く企業分析するくらいにしか考えていなかった。

それが無くたって、今の彩華との時間を億劫(おっくう)に感じる訳がない。

だけどこれを伝えたところで、彩華は考えを変えないだろう。

「そう言ってくれるのは嬉(うれ)しいけどね。私も私でやることあるし、しっかり進めながら家で待ってるわ。今日はスポンサーの美容機器使ったレビュー文も考えなきゃなの」

「あー……それは大変そうだけど」

「ほんとに大変よ」

彩華は苦笑いしてみせる。

グランプリを獲(と)ったせいで、スポンサーの商品をSNSに紹介する仕事が増えたらしい。

彩華にはお金が全く入らないのでボランティアか。

そんなこんなで、バイトや普段の講義も含めたらお互い時間がない。

それなのに、俺たちは二人でいられる日をスケジュールに押さえられていない。

ただでさえ限られた時間を就活に費やす。

多分間違っている訳じゃない。

この一日、この一時間が就活に役立つ可能性だってあるのだから。

だけど——彩華がほんの僅かだけ、寂しそうにしている気がしたから。

その認識を無かったことにする方が、俺の中では間違いだったから。

——まだ見えない未来より、今は目の前にある現実を。

俺たちの時間を本物にするために、今日この日はあるのだから。

「……いや、今日は出かけようぜ」

「え？」

「二人でどっか行くぞ。当てのない、日帰りブラブラの旅だ」

そう言った俺は、勢いよく腰を上げる。

「ちょっと、いいの？　私は何とかなるけど」

「いいんだよ」

短く答えて、簞笥まで移動する。

後ろに彩華がついてくる気配があった。

有無を言わせなかったのが功を奏したか、了承を得られたようだ。

事情を考慮して遠慮してしまいそうな彩華には、この手法が効果的だった。

引き出しの棚を開く。

中にあるシルバーのネックレスは、変わらない輝きを放っていた。

次の動作を察した彩華が、背中をトントンとノックした。

「やってあげようか？」

「大丈夫。これくらい余裕だ」

彩華の指が背中から離れる。

俺はネックレスを自分で首にかけた。

程よい重量感が鎖骨付近に跳ね当たる感触。

最近はこれが頭のスイッチのオンオフを切り替えてくれる。

振り返ると、彩華が口元に弧を描いた。

「……付けられるようになったのね」

「はは、当たり前だろ。てか、やってもらったのだって最初の一回だけだっつーの」

彩華は少し驚いたように目を見開いた後、苦笑いした。

「……分かってるわよ」

その反応に若干怪訝に思った。

今しがたは喜んでくれたと思ったが、内心気乗りしないのだろうか。

「ごめん、ほんとは外出るの嫌か？」

「え？　そんな訳ないでしょ」

俺は思わず小首を傾げる。

彩華は手鏡を開けて、自分の顔を確認してからすぐ閉じた。

「あんたとデートってことだもん。予定入ってたって無理矢理にでも空けるわよ」

「そりゃありがてー」

あえて冗談めかして、感情を込めずに返事する。

もっと感謝しなさいよ！

いつものようにそんな強気な言葉が返ってくると思ったが、彩華は「棒読みきらーい」と言っただけだった。

「ほら、そうと決まれば早くして。こっちはすぐ出れるわよ、この通り準備バッチリだし」

彩華は大袈裟に髪を靡かせた。

ブラウンのボアアウターに、黒のタートルネック。

鎖骨あたりで輝くシルバーネックレスは、俺のそれより一回り小さく上品だ。

家に来てくれるだけでも、メイクは変わらず欠かしていない。

それらが俺のための準備という可能性を思考すると、何となくじっとし難くなる。

「ちょい待ち、俺も着替えてくる」

そう言ってハンガーに掛かっていた外着を無造作に抱え、洗面所へ入った。

乱雑に服を脱ぎ捨て、鏡にパンツ一丁の姿が写る。

……今から始まるのは、正真正銘のデート。

彩華と知り合って何年も何年も経った。

少しは隣に並ぶのが似合う自分になれただろうか。

知り合った当初から、俺はどれだけ変わったんだろうか。

真面目な思考を巡らせていると、替えのズボンが無いことに気が付いた。

「だー……くそ」

洗面所へ繋がるドアの傍に畳まれていた光景がフラッシュバックする。

「彩華ー？」

外に向かって控えめに呼び掛けたが、返事はない。

つまり彼女は近くにいないということ。

……自分で取れそうだな。

そう思ってドアを開けると――彩華が目の前に立っていた。

目が合って、暫く無言が続く。

「それを見せたかったわけ？」

後に引けなくなった俺はズボンを手に取り、堂々と佇んだ。

「ご感想をどうぞ」

「運動やめたら一瞬で崩れそうな危うい体型」

「容赦ない感想はやめて!?」

彩華はクスクス笑ってから、ドアを閉め切る。

ドアの外から、「もう、そっちにズボン入れてあげようと思ってたのに」と声が聞こえる。

俺は彩華の発言に、一人で口元を緩めた。

……この家は、何一つ変わらない。

そのはずだ。

だけど、やっぱり変わったことが一つだけある。

俺は速攻で着替える。

ワックスもそこそこに急いで玄関先まで移動すると、彩華が「キーケース忘れてるわよ」と知らせてくれる。

「うお、あぶね。開けっ放しで行くところだった！」

彩華からキーケースを受け取ると、封の隙間から鍵がスルリとぶら下がる。

小さな雪豹のキーホルダー。

思い出の詰まったキーホルダーは、今日も胸を温かくしてくれる。

ドアを開けると、外の冷気と内の暖気が混ざり合い、心地よい温度となって身体を撫でる。

「寒くなってきたわね」

彩華は両手を胸に抱き、白い歯を見せる。

あと何度でも、俺たちは共に冬を越せるだろう。

掌と掌が重なり、するりと掌が抜け落ちる。

刹那の接触。

それでも、二人の間に確かな温もりを生んでくれる。

この温もりは、忘れない。

夕焼けの空に季節外れの赤蜻蛉が旋回している。

遊園地『ぽーらんど』。

かつて礼奈と付き合っていた際に赴き、志乃原と仮交際していた際に連れて来られた場所。

そこに彩華を連れて訪れるなんて、かつては考えたこともなかった。

だけど今思えば、考えもしないこと自体が不自然だった。

誰よりも長い付き合いの存在。

誰よりも距離の近い存在。

だからこそ、ずっと気付けなかったのだろう。

彩華の想いに。

昔の俺は、彩華がこんな表情をするなんて思ってもいなかったのだから。

「……何見てんの」

夕陽に照らされる彩華は美しく、妖艶だった。

大方のアトラクションを楽しんだ俺たちは、最後に観覧車へ乗るために歩を進めている。

最初は「全然ブラリ旅じゃないじゃん」と口を尖らせていた彩華も、今では和やかそのものだ。

「いや……なんでもない」

「そう?」

「うん。綺麗だなとは思った」

「何でもあるじゃない」

「そうともいう」

俺は小さく頰を緩める。

久しぶりにゆったりとした時間が流れている。

まるで最後の時間のように。

観覧車に乗ると、微かに景色が揺れた。

先に乗った俺は、振り返って彩華に手を差し出す。

彩華は視線を落とし、口を開いた。

「なにこれ」

「人の手にこれって言うな。早く捕まれよ」

「あ、そういうこと──」

「早く早く！」

ゴンドラが乗り場ラインを過ぎそうになって、俺は焦って彩華を急かす。

彩華はすぐに俺の手を控えめに摑み、それから強く摑み直した。

俺を引き寄せる勢いで乗り込むと同時に、ゴンドラがグラッと揺れる。

「あっぶねえな、この年齢で観覧車乗るの失敗しそうになるやついないぞ！」

「いるかもしれないでしょ⁉　ていうかあんたが手なんて出さなきゃ普通に乗れてたわよ！」

彩華が不満気に抗議したところで、ゴンドラの揺り戻しがきた。

あれだけ不満気にしていた彩華は、バランスを崩して俺の胸の中に飛び込んでくる。

「むぁぷ!?　ちがっこれは――」

彩華は距離が近過ぎてフガフガ言っており、何を伝えたいのか分からない。

そして俺から離れると、彩華は可笑しそうに声を上げた。

「あはは、はは」

「なんでそんな笑ってんだよ」

「ふふ、ごめんごめん。自分で自分の情緒にツボっちゃっただけ」

彩華の瞳は潤んでいて、余程面白かったらしい。

「ツボがどこにあるのか分かんねえな。まあ前からかもだけど」

「あら失礼ね、後ろからぶん殴られたいのかしら」

「すみません」

ジトッと睨まれ、反射的に背筋を正す。

「あんたといると、私は楽しい。単純にそう思っただけよ」

「ず……随分唐突」

「唐突じゃないわよ。今だから言うの。さっきのあんたと同じよ」

彩華は目元に溜まった涙を拭い、向かい側の席へ座る。

髪を耳に掛けると、ピアスが太陽の輝きを帯びた。

「私さ。あんたと出会えてよかったな」

「……遺言みたいなこと言うなよ。まだ始まったばかりだろ？」

「そうじゃないけど。死ぬつもりなんて毛頭ないし」

彩華は小さく息を吐いて、言葉を続ける。

「でも、伝えるタイミングによっては別の意味に捉えられることだから。今言いたかったの」

「……そうか」

今を大切にする発言。

彩華の思考回路は、今の俺に大きな影響を及ぼしている。

出逢った当初、こんな関係になれるなんて夢にも思わなかった。

俺は口元に弧を描き、視線を外へ向けた。

窓からの景色は、いつ来ても目を奪われる。

「あんたも楽しい？　私といてさ」

俺は視線を戻す。

彩華は頬杖をついて、視線だけこちらに向けていた。

「……当たり前だろ。俺も彩華と会えてよかったと思ってる」

心からの言葉だ。

そして、胸に渦巻く感情はそれだけじゃない。

「ちなみに、俺はいつもだからな。日頃の感謝を忘れない男だ」

「私もいつもよ。バカね」

「バカとはなんだ！」

「バカ」

「このやろー！」

変わらない時間がここにある。

目の前で肩を揺らして笑う彩華も、彩華を笑わせたことに満足する俺自身も。

ゴンドラが一瞬止まった。

見回すと、此処が頂上らしい。

「……壮観だわ」

隣で彩華が静かに呟く。

機械音が耳朶に響く。

以前頂上を過ぎた時に起こった出来事を想起する。

これからこのゴンドラは下がるしかない。

何かが起こる予感がした。

だけどゴンドラが地上に近付き始めても、彩華は景色を眺めるだけだ。

「……綺麗」

彩華がまた呟いた。

彩華の視線の先を辿(たど)る。

まだ頂上の近くだからか、普段あれだけ高く聳(そび)え立っているビルが摘(つま)めるくらい小さく見える。

目先しか視認できない地上が一望できて、まるで自分の世界が如何(いか)に矮小(わいしょう)かを教示してくれるかのようだ。

この感覚は嫌いじゃない。

頭にある悩みだって、実は小さなものなんじゃないかと世界が問いかけてくれる。

自分の悩みは小さい。

そう思いたい時もあるし、そう思いたい悩みだってある。

だけど——

視線を上げる。

空の広大さは変わらない。

地上から見ても観覧車から見ても、変わらず広い。

地上の景色は少し歩くだけで変えられるのに、空の景色を変えるのは至難だ。

太陽が隠れたら、世界から色は失われる。

今の俺の世界には、太陽があるのだろうか。

視線を巡らせる。

以前この遊園地を訪れたのは、春だったか。

あれだけカラフルだった世界は、どこか翳りを見せている。

理由は解っていた。

だけど今は考えないようにしていた。

しかし——一点だけ色のついた箇所。

キャンバスに零れ落ちた雫のように、それは世界から浮いた箇所だった。

そして、見た。

一人で佇み、空を見つめる後輩の姿を。

弾かれるように立ち上がる。

ゴンドラが揺れて、景色も揺れる。

「どうしたの？」

「……彩華」

目にした光景を告げるかどうか逡巡する。

だけど——今の俺が、動いてしまってもいいのだろうか。

偽とはいえ、彩華と付き合っているこの俺が。

「気付いたんでしょ？」

静かな声色から放たれた問いに、俺は目を見開いた。

「……そう」

彩華はその反応だけで解ったように、残念そうに頬を緩めた。

「それなら、仕方ないわ。あんたとはこれで終わりかな」

「な……でも俺は、お前と」

「悠太に一番懐いてくれてる後輩。絶対に大切にしなさいよ」

迷わず告げた彩華に、俺は口を開いてまた閉じる。

そして。

「……いいのかよ」

短く訊いて、すぐ口を噤む。

頭の中にある言葉を発してしまっていいものか。

しかし、彩華はこともなげに答えた。

「これで悠太の心から私が消えるなら、それだけの存在だったってことよ」

「そんな訳ねえだろ!!」

「うん。ないわね」

彩華はあっさり言い退けて、座席に腰を下ろした。

「ありがとね。そんな訳ないって、即答し合える仲になってくれて」

そう言った彩華は、「最後に聞いてくれる?」と言葉を紡いだ。

まるで、本当に最後と言わんばかりの表情で。

「私ねえ、自分のことを良い女だなんて正直思ったことない。口では冗談も言うけどね」

俺は察した。

彩華は今、本当に終わらそうとしている。

この、偽りの関係を。

「周りから何回告白されたとか関係ない。大抵の告白は、私とスタートラインに立ちたいって思われただけだし。それか、もっと嫌な感情に突き動かされてるとか。恋愛で本当に大切なのは、その先を一緒にどう走るかでしょ」

彩華は苦笑いして肩を竦める。

さっきから俺の顔を殆ど見ない。

「自信ないわーそんなの。だから一度もこの人とならって思ったことなかった」

観覧車が廻る。

「でも、一人だけいるのよ。私が一緒に走れる人。走りたいって思う人」

廻る。ゴンドラが地上へ接近する。

「……私が一緒に走りたい目の前の男は、この状況で黙ってない。認めたくないけど、多分迎えに行くと思う」

あと十数秒もすれば、ゴンドラの扉は開いてしまう。

「夏にも、同じようなこと言ったけど。あの時とはちょっと違う」

彩華は髪を梳いて、言葉を続ける。

まるでこの時が来ると分かっていたように、事前に言葉を纏めていたかのように流暢な口調だった。

「私のためにも、真由を迎えに行ってほしい。ここで迎えに行くのが、羽瀬川悠太だと思うから」

「……彩華のため？」

「あんたがあんたらしくある。私にとって、きっとそれが一番大切なこと」

だからね、と彩華は続ける。

「ちょっと約束より早いけど、もう送り出してあげるわ」

「でも。約束はまだ——」

ゴンドラの扉が開く。

二人で外の世界に目をやった。

「……言ったでしょ。あんたとはこれで終わり。私に夢を見せてくれてありがとね」

彩華はそう言って、先にゴンドラを降りた。

俺もすぐに飛び降りて、彩華に並ぶ。

観覧車エリアから開けたエリアに出ると、次第に歩くペースが落ちてくる。

不意に、彩華が後ろに退がった。

「振り返ったらダメ」

そう俺に釘を刺す。

「私はここで落ちるけど、今のあんたは振り返ったらダメ。次に会う時は、また違う私でいたいから」

フッと息を吐く気配。
そして。
「いってきなさい、悠太」
トン、と背中を押される。
軽い力。
しかし全力の決意によって生み出された行動。
だから振り返らずに、地面を蹴った。
彩華の気配が離れていく。
流れる景色に彩華との思い出が混じっている。
それでも今は進まなくちゃいけない。
ありがとう、彩華。
俺の背中を押してくれて。
冬の訪れを感じさせる風に乗って、最後の声が聞こえた気がした。

大学に入った当初、悠太の服装はお世辞にも気を遣っている男子とは言えなかった。
「金がねーもん。そりゃ一億あったら、お洒落(しゃれ)もするけどな？」

あいつらしい言い分を聞くのが好きで、何度も指摘してたっけ。

暫く（しばら）すると、悠太は目に見えてお洒落になった。

ジャケットにスキニーというシンプルなコーデに、ちょっとしたアクセサリーを組み合わせ始めたのだ。

「礼奈がこういう服好きって言っててさ」

本来好きな人の外見に磨きが掛かるのは嬉（うれ）しい事象だ。

だけどかつての私は、それに軽く嫉妬していた。

悠太を変えたのは私じゃなく、礼奈さんだったから。

その礼奈さんと別れて暫くすると、大学をサボり気味だった悠太は次第に生活習慣を直し始めた。

「俺も頑張らなきゃって思ってな」

この時のきっかけは真由だった。

真由の意欲的な性格に、彼が影響を受けたのが伝わってくる。

いつも横で見ていた私には、悠太の微妙な変化が如実に解る。

そして数ヶ月後、あいつは無遅刻無欠席になった。

現実逃避気味だった性格も矯正されて、皆（み）んながまだ目を逸（そ）らしがちな就活というイベントにもいち早く向き合った。

「シャキッとしないと申し訳ないから」

明らかに礼奈さんの影響だった。

いつもそうだ。

あいつの変化に、私はいない。

礼奈さんは私を太陽みたいって言ったけど、きっと勘違いしてる。

太陽は万物に影響を与える恒星だけれど、私は悠太を変えられない。

あなたの方が、よっぽど太陽でしょ。

だけどあいつへ無理に影響を及ぼすなんて思考回路はただのエゴだし、私は勘づかれないように、考えないように振る舞ってた。

でも、気付いた時には遅かった。

思い返せば、タガが外れたのは悠太への好意をハッキリ自覚してからだ。

悠太を運営の行事に巻き込み始めたのは、彼を想(おも)ってというよりも、〝私〟で彼の行動を変えたかったのだ。

夏の海旅行では、それが上手(うま)く作用した。

お互いウィンウィンの時間になって、悠太が自発的に行動を変えた訳じゃなくても結果的に良い影響を及ぼせた。

だったらと、続けてハロウィンパーティでも運営に誘った。

だけど悠太は既に運営よりも就活に重きを置いていて、無理に誘おうとした結果は軽い仲違(なかたが)い。

ありのままの欲を出した結果だ。

悠太のためだと、欺瞞に満ちた選択のツケ。

私は悠太に何も残せていないという焦りが、それを引き起こした。

その行動を反省しても、想いが消える訳じゃない。

私は悠太に色んなものを貰ったのに、私はあいつに沢山変えてもらったのに。そんな気持ちがぐるぐる頭を支配してくる。

一方通行を自覚しても、こんな心情は誰にも言えない。


悠太には何でも言える。

悠太自身の話以外は。

頭の中が悠太で占められていくに連れ、悠太との時間は何でも言えるものじゃなくなった。

それでも良かった。

だって私は好きだから。

恋人関係になれるなら、偽物の時間を過ごしたって構わない――そう思ったのは一度や二度じゃない。

だけどそれと同じ数だけ、反対の気持ちも脳裏を過るのだ。

あいつを騙してまで一緒にいたいと思わない。

自分を騙してまで一緒にいたいと思わない。

どちらか片方でも騙したら、きっと今までの時間と違うものになってしまう。

私は私が好きな時間をそのまま発展させたい。

私が私であるためにそこだけは絶対曲げられないって。

相反する気持ちを抱えながら、何とか道を模索した。

だけど私は、いずれ自分が打算で動き始めるであろうことが分かっていた。

運営に誘うのなんて序の口で、他にも山ほど考えはあった。

恋人関係になるという目的を優先しすぎると、きっと私は周りが見えなくなる。

いつか私はあいつが守ろうとしたものを、かつての自分が守りたいと思ったものを蔑ろにしてしまう危うさすら自覚してしまっていた。

それはダメだ。

私はもう、自分を優先するために何かを捨てたくない。

でもこのままじゃ、自分もあいつも騙す時間になってしまう。

だから私は――

皆んなが踏む工程を全て取っ払って、悠太の家に押しかけた。

悠太を押し倒して、キスをした。

——あんたが自分で納得のいく答え出せるまで、告白してから時間掛かるのが解ってたから。あんたが真由か私かすぐに決められないことも解るから。


行動の理由を説明する際、私はそんな言葉を紡いだ。

その理由には、続きがある。

悠太との時間を、もう一度本物にするために。

頭に浮かんだ画策が全ておじゃんになるように、ここから本物の自分のみで勝負するしかなくなるように。

結局私は最後まで悠太との本物を求めていた。

その想いは、恋人関係になりたいという願いよりも強かった。

だから何度だって言ったのだ。

思ったこと全部言葉にしてほしいって。

それができる関係性を、私は本物だと思うから。


——友達なんかじゃ、物足りないから。

これはもう、かつての心情だ。

本物じゃなきゃ、意味がない。

そして私はここ暫くは悪くいえば行き当たりばったり、良く言えば本物の時間を過ごすことができた。

楽しかったな。

どうなっても、悔いはない。

告白前夜、空を見上げるとまた満月だった。

最近は空を見上げる度に満月な気がする。

礼奈さんの気持ちが今なら理解できる。

今のあいつなら、振られても自分を受け入れてくれると確信できる。だからこそ、全力でぶつかれる。

それがどれだけ凄(すご)いことか、私には分かる。自分が振ってきた人で、今でも仲良くできている人は誰もいない。

それが当たり前だと思ってたのにね。

……あんたのこと、好きになって良かった。

そして私は、目を開く。

緊張気味の悠太の顔が目に入る。

「……答えは決まってるみたいね」

私が言うと、悠太は一度喉を鳴らした。

「ああ」

「……分かった」

私は短く答えて、目を伏せる。

悠太が息を吸うのが分かった。

これで、決まる。

鼓動が側頭部の両側から鳴り響く。

ねぇあんた、気付いてる？

私、こんなにドキドキしてる。

掌(てのひら)は多分汗で一杯。

身体(からだ)の芯から熱が迸(ほとばし)って、頭が沸騰しそうなくらい。

あんたから見た私は、どんな風に映ってるのかな。

「ごめん。彩華とは付き合えない」

スッと息を吸い、そして吐いた。

胸の鼓動が落ち着いていく。

脱力するような気持ちにはならなかった。

本当は分かってた——なんて言うつもりはない。

夏頃から、悠太の気持ちが真由へ傾きつつあるのは解っていた。

多分礼奈さんもそれを感じて焦ったんだろう。

結果的に私は礼奈さんと同じ行動を取り、同じ結果になった。

「……そ」

何とか一言を絞り出す。

これ以上喋れば、声が震えてしまいそうだったから。

「俺、決めたんだ」

「まだ何も言ってないでしょ。もうちょっと待って」

私は苦笑いして、両手を腰に当てる。

顔を直視できない。

あれ、結構気まずいかも。

「彩華」

「……なによ」

「俺たちは親友だ」

「嫌」

口をついて出てしまった。

だけど後悔はない。

取り繕う必要はない。

これからも本物の時間を築くためには、ここで嘘を吐いちゃいけない。

今この瞬間は、それくらい大事だ。

悠太はめちゃくちゃ困ったように「え」とか「そうだな」とか繋ぎの声を漏らして、次の言葉を模索している。

……本当、普段は割と冷静なくせして、こういうところでは素直な反応しちゃって。

そういうところが母性本能くすぐるって解ってやってんのかな。

……ううん、私に刺さるだけか。

あんた以外じゃ、こんな感情になる訳ない。

私、ほんとにあんたのこと好きなんだな。

自分で何だか可笑しくなりながら、心に決める。

心は隠さず。

今までで一番のわがままを言ってやろう。

口角を上げて言葉を紡いだ。

「もう一回言うけど、嫌よ」

悠太は目を瞬かせる。

「でも、あんたは先に進まなきゃいけない。この私を振ったんだしね」

「どういう――嫌って気持ちを伝えてくれただけか？」

「そうね。実際あんたが別の人とくっつくのは嫌なんだもん。なんで好きな人を違う女に渡さなきゃいけないのよって今でも思う。だけどさすがに、諦めないといけないのも分かってる」

悠太は殊勝な面持ちで続きを待っている。

私としては茶化してもらって構わないんだけど、さすがにそんな勇気はないみたい。

だったら私も言いたいことを言わせてもらうから。

とびきりのわがまま、お願いしてやるから。

「だから、私に諦める期間くれない？」

「え？」

「あんたが誰かとくっつくまで、思い切り一緒にいさせて」

悠太が目を見開く。

くっつくというのが物理的なのか比喩なのか測りかねているみたいだ。

「それは……」

「真由が付き合う前に、あんたにしてたことよ。毎日家に行ってご飯作って、二人で遊びに行って」

我ながらズルい言い回しだと思う。

付き合ってからするような中身なのに、過去に真由としているせいで断りづらいに決まってる。

「……分かった。それくらいで彩華の助けになるのなら」

「いいんだ。あんた感覚バグってるわよ」

「彩華から言ったのにか⁉」

私は声を上げて笑う。

今からの時間は、偽物かもしれない。

だけど私にとっては必要な時間だった。

あんたを心底諦めるために、あんたとの時間を取り繕わないために。

どれだけあんたと一緒にいたって、思考があの子に向かう瞬間を目の当たりにするたびに、私の心は整理されていくだろうから。

あんたは別の人が好きなんだって。

「あの子と仮交際とかしてたんでしょ。私とのそれは偽の時間かもしれないけど、させてもらうから」

「彩華らしいな」

「私らしい、ね」

……そう言ってくれるのはあんただけよ。

あんまり見破られてほしくない部分さえも見破ってくるのが、嬉しいなんてね。

そして、そのまま数週間経った。

毎日家へ訪問するだけで、こんなに満たされるものがあるなんて驚きだった。

だけど悠太は真由と連絡が取れないみたいで、ふとした瞬間には心配そうな表情を浮かべている。

そんな彼を見て、私は一言呟いた。

「あんた、私といてよく保つわね」

「……？　保つっていうか、別にいるだけならもっと長い期間でも余裕だろ」

「……そっか」

私はそこで気が付いた。

悠太は〝一緒にいたい〟をそのまま〝付き合いたい〟に結び付けていない。

私が見えなくなった心情を持ってるんだ。

……それが見えてないなら、付き合えなくても無理ないか。

私は悠太のことを理解してあげられる。

でも悠太がそれ以上に重きを置いている部分が明確にあって、そこに私がいないのなら
——付き合えないのは道理だった。

胸が少し軽くなる。

多分私は無意識に、なんで私が負けるのか納得できていなかったんだろう。

自分の方が彼を理解してるのにという思考や、自分の方が知り合ってから長いのにという思考。

そのどれもが勝ちに直結しない要素なんだとしたら、仕方ないと納得できる。

自分にそう言い聞かせられる。

多分、終わらせるなら今だ。

このままズルズルいけると思う。

あんたは私に情を持ちすぎてる。ここまで掛かったのは、その結果。この数週間、あんたは好きな人がどこにいるか分からない。

そんなの不安に決まってるのに、目の前にいる私を優先するなんて。

私が始めた物語。

じゃあ、私が終わらせなきゃね。

『十七時あたりに、遊園地に来なさい。悠太があんたに直接言いたいことがあるみたい』

この文面を、真由に送信する。

『今週土曜日、例の場所押さえるから。誰にも邪魔されないように』

この文面を、友梨奈（ゆりな）に送信する。

……これで終わる。

そう思った途端に、夢のような時間が脳裏に駆け巡る。

遊園地へ赴いた。

アトラクションの待ち時間や乗車時間、多分思い切り楽しんだ。

悠太がくれた、偽りの時間。

……これを最後の嘘にする。
これからの時間を、全て本物にするために。
次の人に託さなきゃ。
私が振られた意味は、これからの時間が教えてくれる。
それは悠太や真由、そして私自身が決めていく。
だから、今は。

「いってきなさい、悠太」

好きな人の背中を押す。
これが、最後。
悠太が地面を蹴り、走り出す。
その時だった。
彼のポケットから、雪豹(ゆきひょう)のキーホルダーが揺れ動いているのが見えた。
高二の情景が脳裏を過る(よぎる)。
あのキーホルダーは、私のために謹慎になった悠太にあげたもの。
小さい頃から私は雪豹の逸話が好きだった。
自分が好きなものをあげたかった。

悠太が謹慎になる前に、私は話したことがある。
きっと彼は覚えてない、本当に何気ない会話。

私、雪豹好きなのよね。
知ってる？
雪豹って存在、意外と知られたのは最近なの。
それまでは、ずっと孤独に過ごしてた。
だけど写真に収めた人がいて、そこから認知されたんだって。
……それが何って、あんたねぇ。
ずっと見つからなかった存在なのよ？
自分を見つけてくれる存在がいるって、素敵じゃない。

悠太の背中が遠ざかっていく。
瞳に涙が溜まっていく。
……確かあの時は、人間と雪豹は違うだの、どうのこうの言われたっけ。
そういうことが言いたいんじゃなくて、ただ感情移入してるって話だったんだけど――
あの時の私には言えなかったな。
当時はたとえ目の前にいる男だって、どうなるか分からないと思ってたから。

だけど、今なら言える。

——私を見つけてくれてありがとう。

あんたのお陰で、私は私を貫いたまま、今此処(ここ)に立てている。

悠太の姿が見えなくなった。

私は小さく息を吐き、空を見上げる。

掌(てのひら)に残った微(かす)かな温(ぬく)もりは、彼の姿が見えなくなっても残っている。

「……大好き」

掠(かす)れた声は涙と混ざり、風に乗せられ飛んでいく。

きっと届いてくれるはず。

白い息が立ち昇り、冬の息吹に飲まれて消えた。

第13話　クリスマスツリーの下で

背中が熱い。

彩華（あやか）から送り出された背中がジンジンと熱を帯びている。

振り返りたかった。

視界の隅に駆け巡る情景に立ち止まってみたかった。

だけどもう止まれない。

心から渇望するほど求める存在は、この先にいる。

恋人として一緒にやっていきたい存在はこの先にいる。

いや——この先にしかいないから。

観覧車から彼女の姿を視認したエリアに辿（たど）り着く。

すぐに辺りを見回した俺は、焦燥感とともに言葉を吐くことになった。

「……いねぇ！」

学祭ほどではないが、混雑しているエリアから探し出すのは容易ではない。

地上に降りれば当然のように見通しも悪いし、この辺りにいなければ殆（ほとん）どお手上げだ。

その時だった。

ポケットが震えて、スマホを取り出す。

送り主は——礼奈だ。

『真由ちゃんなら今、西口から出て行こうとしてるよ』

「……なんで礼奈が——」

続けて、通知が画面上部に降りてくる。

『言葉にしてね』

——疑問に思う暇はない。

俺は踵を返して、太陽の沈む先へと駆ける。

遊園地『ぽーらんど』から西口へ出て暫く移動した先には、ショッピングエリアがある。

志乃原がどこへ向かっているのか分かった気がした。

大通りの側にあるショッピングエリアは、すっかりクリスマスムードになっていた。

学祭の開催が十一月中旬だったことを思えば、時の流れは本当にあっという間だ。

ショーウインドウ越しに見える商品たちはサンタやトナカイの装飾に彩られており、行き交う通行人の視線を集める。

側に立ち並ぶ街路樹には電灯が樹幹から小枝の先まで巻きつけられており、赤、緑、金の光を煌々と放っていた。

どこもかしこもカップルだらけ。

カップル御用達のデートスポットとして有名なこの街道は、俺たちが初めて出逢った場所。

あの時連絡先を交換しなければ——いや、あの時サンタとぶつからなければ、今の俺はいないだろう。

早歩きを数分続けて、丁度サンタとぶつかったエリアに差し掛かった時だった。

数メートル先に、深紅のニットにデニムのショートパンツの女子。

見覚えのある後ろ姿が視界に入った。

「——志乃原！」

大きな声で呼び掛けると、小悪魔な後輩は肩を震わせて、おもむろに振り向いた。

志乃原は目を見開いて、口をポカンとさせている。

「……せん、ぱい？　なんで此処に」

「……探したぞ」

俺はそう言って、志乃原に歩み寄る。

志乃原は厚手のニットに短パンという、季節感に欠けたチグハグな服装。

逃げたらとっちめてやろうと思ったが、志乃原はシュンと俯(うつむ)くだけだった。

意外な気持ちになりながら、後輩を問いただす。

「……なんで家に来ない？　なんで連絡返さない」

志乃原はハンドバッグからニット帽を取り出し、深く被(かぶ)った。

俺と目が合うのを避けている。

「……冷却期間ってやつです」

「冷却期間？」

俺が怪訝(けげん)な声を出すと、志乃原は小さく頷(うなず)く。

「先輩と一旦距離を置いて、もう一回いい後輩になるためです」

「なんでそれが俺から距離を置くことに繋(つな)がるんだよ。俺、真由に何かしたか？」

彩華に背中を押される前から、言いたいことは決めていた。

彩華に背中を押されてからは、言うタイミングすら決めていた。

だけどそれらは全て真由がいなくなった原因を確かめた後のこと。

原因によっては、この先に控える言葉も変わってきてしまう。

志乃原は俺の問いにちょっと驚いたように目を丸くし、その後苦笑いした。

「……先輩。私のこと、まだ名前で呼んでくれるんですね」

「じゃねえと怒るだろ」

「……怒りませんよ」

静かだが、同時に断言するような声色だった。

どこか釈然としない、冷静な声。

「彩華さんの大事な人なんですし。私には、怒れないです」

「……大事？」

俺と彩華にとっては百も承知の間柄だ。

だけど——志乃原にとってはそうじゃないのか。

俺、彩華、志乃原の三人がそれぞれの間柄を認知し合ってから決して日は浅くない。

しかし志乃原に俺と彩華の関係性が丸ごと伝わる訳もなく、どこかでズレが生じた可能性もある。

何ら不思議じゃない。

どこでそう感じたのか不明瞭だが、きっと志乃原にとっては重大な出来事があったんだろう。

「先輩。ちょっと暫く、一人にさせてくれませんか」

志乃原は歩を進める。

逃げる様子はないので、俺は引き止めずに並び歩く。

「なあ、何があった？」

もう一度訊くと、志乃原は質問に対して返答していなかったことに気が付いたようだった。

「そういえば、何かされたかって話でしたよね。すみません」

目の前から手を繋いだカップルが歩いてくる。

二人を引き裂くような形にならないよう、俺と志乃原は道脇に逸れる。

志乃原は二人の後ろ姿を見送りながら、ポツリと呟いた。

「……私、何もされてないですよ。今はただ一人になりたいだけです」

「……一人になりたい理由を訊いてるんだよ。今は俺といたくないってことだろ？」

「はい。一人にしてください」

釈然としない感情が強く込み上げる。

志乃原からは間違いなく俺から離れたがっているのが伝わってくる。

「先輩と今、二人でいたくないんです」

凛とした声色だった。

志乃原のそれには聞き覚えがある。

クリスマスの合コンで、志乃原を迎えに来た元彼に吐いた声色と同様の耳馴染み。

納得できない。

だけど俺から離れたがっている存在に、今は何を言っても逆効果になりかねない。

……一旦引いて、考えるしかないのか。

その間に、志乃原の心が俺から更に離れてしまうとしても。

俺は思わず唇を噛んだ。

「……そうか」

裏切られたなんて思わない。

俺にどんな感情を抱こうが、それは突き詰めれば人の勝手だ。

例外はなく、たとえ志乃原においても同様で、彼女を無理やりコントロールする権利はない。

だけど寂しい感情があった。

一年。

俺たちが知り合ってから過ぎた月日に嘘はない。

その終わりがこれなのか。

歩調が緩む。

志乃原はペースを変えず、二、三歩先に進んだところで振り返った。

「じゃあ私、帰ります」

「……ああ」

志乃原は小さくお辞儀をした後、踵を返す。

見送るしかない。

俺から離れたがっている存在。

それを他でもない俺が、どうして止められるというんだ。

瞬間。

アッシュグレー髪の女性がフラッシュバックする。

先程のラインが脳裏に過る。

『言葉にしてね』

目を見開いた。

……そうだ。

俺も礼奈も、それができなくて失敗した。

礼奈との時間に意味を与えるのは、今この時だ。

その為にはここまであったことを赤裸々に話さなければいけない。

だけど本物の結末を嘘で終わらせないためなら、彼女は許してくれるだろう。

気付けば走り出していた。

あれだけノロノロ進んでいた視界が、急に流れるように早くなる。


「──真由！」


志乃原は驚いたように振り返った。

不意を突かれたのか、先ほどよりも哀しげな表情を隠しきれてはいなかった。

「俺、彩華に告白されたんだ」

言え、全部。

俺にあったこと全てを。

志乃原はギュッと唇を噛み締めた。

「……知ってます。付き合ったのなら、きっと彩華さんからだって」

「違う」

「……じゃあ、先輩から告白したんですか？」

志乃原は少し目を見開いてから、唇をキュッと結んだ。

「……そうですか。それは、その。……知りたくなかったかもですね」

——もしかしたら。

一つの可能性が脳裏を過る。

俺は外で一度だけ、彩華に手を繋がれた。

かつてのように、その光景を誰かに見られていたとしたら。

「真由。俺、家の前で彩華に手繫がれたんだけど——見てたのか」

「……はい」

俺は口を開き、また閉じた。

そしてぐるぐるした思考のまま、静かな声で呟いた。

「……そうか。あれは誤解だ」

志乃原は自嘲気味に笑みを溢す。

「誤解なんかじゃないですよ。だって私が直接見たんですもん。それを言うなら、せめて見間違いじゃないですか」

「誤解で合ってるよ」

俺は息を吸った。

――ごめんな。

「彩華とは付き合わない。付き合いたい人は別にいる」

「……どういうことですか？」

志乃原は怪訝な表情を浮かべた。

「彩華に頼まれたんだ。俺の心が決まるまでの間、一緒にいてほしいって。真由が見た光景は最後の、割り切るための行動だ」

「……やめてくださいよ。そんなの、私信じられないです。……信じたくないです」

「信じたくない？」

「もし信じたとしたら！」

志乃原の声に、周囲の人間が反応する。

彼女は口を噤んでから、言葉を続けた。

「それでまた、同じような光景見ちゃったら――耐えられないかもしれないじゃないですか」

「それはない」

「どうして言い切れるんですか」

「言っただろ。付き合いたい人は別にいるって」

その答えは、胸にある。

そして伝えたい場所も決まっている。

「……手、繋いでくれるか？」

志乃原は目の前に差し出された手に視線を落とす。

何故(なぜ)俺の掌(てのひら)が眼前にあるのか、戸惑っている様子だった。

「頼む」

「……いい、ですけど」

恐る恐る。

久しぶりに触れた志乃原の肌は、冷気にあてられ冷たくなっている。

俺はギュッと力を込めると、志乃原は小さく息を呑(の)んだ。

クリスマスムード一色に染まるショッピングモール一階。

「知り合った時のこと、覚えてるか？」

「はい。チラシぶち撒けられました」

「そういうことじゃなくてだな……まあいいけど……」

俺は頭を掻いて、言葉を続けた。

「あの時の真由は、あれだっけ。彩華との一件で俺に近付いてたんだよな」

「はい。彩華さんを変えた人がどんな人なんだろうって確かめたくて。そんな気持ち、一瞬で無くなりましたけど」

「相性良すぎてだっけ」

「そうなんですけど、ムカつくので自分で言わないでください」

「辛辣！」

フイッと顔を背ける志乃原に、俺は苦笑いする。

手は繋いでいるのに、まだ心は通わせられないようだ。

だけど、関係ない。

「あの時の俺さ、知っての通り割と自堕落だったんだ。自業自得なんだけど、色々あってさ」

「……はい」

「真由と会ってから、大袈裟じゃなく世界が変わったよ。少しずつだったから気付かなかったけど、今振り返ってみたらそりゃもうすごい差で。だからとは言わないけど、感謝してる」

「……それは私もです。先輩の周りにいる人、みんな先輩に感謝してると思います」

「俺今、真由との話を――」

「気付いてないだけですよ。そういうところも、いいんですけどね」

話の腰を折られて、若干ペースが崩される。

どうやら胸中を余さず吐露するためには、一筋縄ではいかなそうだ。

視線を巡らせると、見覚えのある看板が目に入った。

一年前に志乃原と待ち合わせをしていた『リターズ』。

相変わらず、多くの人で賑わっている。

「ここは覚えてるか？」

そう話しかけると、志乃原は「もちろんです」と頷いた。

「初めて会った時、先輩と待ち合わせてた場所ですよね」

「当たり。真由がすっぽかした場所だ」

「えっ違いますよ？　先輩が逃げたんです」

俺は思わず立ち止まり、志乃原と向き直った。

「んな訳ないだろ。真由がめちゃ来るの遅かったから」

「でもでも、私だって店内三周しましたもん。先輩を探してる時、店員さんに変な目で見られたのめちゃくちゃ覚えてますから」

志乃原も言い分があるのか、全然譲らない。

でも確かにチラシをぶち撒けたのは俺だし、あの時バイトを辞めさせてしまったのを考慮したら何も言えないか。

「まあそういうことにしてやろう。フィフティフィフティだな」

「あー、最後の一線を譲ってあげることで溜飲を下げるスタイル良くないです！　この言い分は百パーセント私ですよ私！」

「百パーはない、あっても七十パーセントくらいだろ！」

「じゃあ七十パーセントでいいですよ」

俺は口を閉じる。

納得しかけたが、五十パーセントから譲る気はなかったのにいつの間にか志乃原の言い分が七十パーセントに上がっていることにすんでのところで気が付いた。

「おいハメやがったな⁉　先輩をドアインザフェイスしたな！」

「あとちょっとだったのに……！　何度も引っかかる方が悪いんですよ！」

志乃原はからかうように言葉を返す。

そして深く息を吸い、また吐いた。

「あー……お陰様で元気出てきました。先輩の手ってすごいですね」

「だろ。……ほら、着いたぜ」

リターズから徒歩一、二分。

　一年前、俺が志乃原から呼び止められた場所から少し歩くと、ショッピングモールの中庭に辿り着く。

　中央に高さ三階にも達しようという大きなクリスマスツリーが聳え立っており、金銀の装飾を吊り下げている。

　大量の電灯は辺りをクリスマスカラーに染め上げて、爛々と回転する光は煌びやかな雰囲気を創り出していた。

「わぁ……」

　壮観な光景に、志乃原が声を漏らす。

「……綺麗だろ」

「先輩、知ってたんですか？　こんな場所、去年はなかったですよね」

「ああ。かなり前だけど、チラシで今年はツリーがあるって見かけてな」

　ミスコン準備にて、ファイルに挟まったチラシ。

　スポンサーの広告紙か分からないが、この場所を知れて良かったと思う。

「季節柄も相まって、ますます綺麗です。しかもなんか人が全くいないですし」

「……このツリーがイルミになるの今日からだからな。買い物しに来る人しか分からない場所だし、ＳＮＳで広がるとしても来週あたりなんだろ」

　俺はそう言ってから、志乃原に向き直った。

　二人きり。

言うなら、今だ。

志乃原は背筋を正し、緊張した面持ちでこちらを見上げている。

「……で、いいか。真由に伝えたいことがある」

「はい。私もあります」

俺は目を瞬かせる。

さっきからどうしてか上手くいかない。

志乃原は「先にいいですか」と断り、言葉を並べた。

「私、夜の数だけ先輩のこと考えてました。……楽しかったです。先輩とは沢山、素敵な思い出があったなって」

「……んなこと言ってくれるなんてな。ありがとう」

俺が短く答えると、志乃原は嬉しそうに微笑んだ。

「こちらこそですよ。だからその……今までありがとうございました」

志乃原は頭を下げる。

腹蔵のない言葉なのは、声色や表情からひしひしと伝わってくる。

「先輩はいつまで経っても先輩です。素敵な思い出をくれた人に変わりはありませんから」

「お互いさまだろ。俺はな――」

志乃原は目尻を拭って、クリスマスツリーを見上げた。

涙が伝ってもおかしくないような顔だった。

「私、私。先輩の連絡に返事ができなかったのは、自分で遠ざけてたからなんです。傷付きたくなかったから。先輩を応援できないような、醜い自分でいたくなかったから」

「……さっきまでの態度は、そういうことか」

「はい。すみません、こんなこと言えなくて」

志乃原は本当に申し訳なさそうな口調だった。

視線はクリスマスツリーから外さない。

それだけで彼女の胸中は透けて見えた。

「先輩から話があるから『ぽーらんど』に来てって、彩華さんから連絡貰った時は怖かったです。他ならない彩華さんとの光景を見た後ですし、何言われるかと思ったら……怖くて。遊園地に行った時も、自分から先輩との時間の寿命を縮めに行ってる気がして、自分から終わらせる勇気が出なくて、逃げたんです」

その発言に、俺は目を丸くした。

……彩華が志乃原に連絡していたのか。

今思えば、遊園地に志乃原が一人でいる偶然なんて考えづらい。

その事におかしいと感じる余裕がなかっただけで、想起すれば引っ掛かる点は他にもあった。

礼奈から連絡を受けた時だって、あまりにもタイミングが良すぎる。

……そうか。

……色んな人に支えられて、俺はここに来たんだな。

「でも先輩のおかげで、先輩がここまで追いかけてきてくれたお陰で、最後は笑って終われそう。もう一回、始められそうです。本当に……ありがとうございました」

「バカ」

「あいた⁉」

繋いだ手の甲に当てられたチョップに、志乃原は驚いたように反応する。

俺たちの関係は、二人だけのものじゃない。

何かを成すことは、過去に関わってきた全ての人に新たな意味を与えるということ。

それを踏まえて尚、向き合うことから逃げるほど臆病になるつもりはない。

普通が一番。

そんなかつての思いが、完全に消えた訳ではないけれど。

——彼女を特別にしたい気持ちは本物だ。

「あんぽんたんなこと言うんじゃねえよ」

「あ、あんぽんたん⁉」

「志乃原真由。もう一度言うぞ？　俺は真由に伝えたいことがある。今から言うこと、しっかり聞いてくれ」

「えっ、せん――」

「うっせえ！」

俺は半ば強引に志乃原を引き寄せた。

「ちゃんと聞くまで離さねえぞ」

「ぐぎぎ、ぐるじ……！」

志乃原は仰天したように上体を反らす。

その声があまりにも間抜けで、一気に緊張がほぐれていく。

それは俺だけでなく、志乃原も同様だった。

抵抗する力はすぐに抜け落ちて、次第に体重が胸に預けられていく。

「……先輩」

「……うん」

志乃原は一回俺の胸に隙間を作り、今度は自分から俺の背中に手を回す。

ギュッとした抱擁は、もう離れたくないと言っているようだった。

……本当にそうならいいな。

俺も不安がない訳じゃない。

だけど、今だけは。

俺も志乃原の背中に手を回し、暫く抱擁の時間が過ぎる。

丸一分ほど経っただろうか。

俺から離れた志乃原は、どこか吹っ切れた表情だった。

……今なら。

今の俺なら、志乃原真由に本心を話せる。

「話していいか」

「……はい」

志乃原は一旦目を伏せて、今度はしっかり視線を上げた。

俺は小さく頷いて、息を吸う。

「俺さ。真由と出逢う前は、割とイタイやつだったんだ」

志乃原が目をパチクリさせた。

俺は目線で〝聞いてくれ〟と頼み、言葉を続ける。

「どれくらいイタイかっていうと、中学の授業参観で面白い人生を歩みたいですかって訊かれた時に普通が一番って宣うくらいだ」

「めちゃくちゃ痛いじゃないですか……」

「うるさい」

「理不尽⁉」

今から告白する男の言葉ではないことは自覚している。

だがこの胸中は、今じゃないと全てを伝えきる自信がない。

この瞬間だからこそ、永く心に残せる言葉へ昇華する。

「真由と知り合ったのは、丁度一年前だよな。あの時も別に、その心持ちは変わっちゃいなかった。もちろん色んな出逢いがあって、多少はマシになってたけど」

その一言に、志乃原が押し黙る。

人物を察したのだろう。

次の瞬間に目が合うと、志乃原は口角を僅かに上げた。

「……全部聞きたいです」

俺は目を瞬かせて、首を縦に振る。

「いつも俺が間違えた時。迷った時。背中を押してくれてたのは彩華だった」

志乃原の視線が少し下がった。

俺の胸あたりを見ているのか。

言葉をしっかり頭に入れようとした故の仕草だというのが伝わってくる。

「俺を幸せにしてくれるって言ったのは別の人だ。俺も幸せになりたかったし、言葉に甘えた」

「……礼奈さんですよね？」

俺はクリスマスツリーに視線を逸らす。

志乃原がまじまじと俺を見つめている視界に耐えられなかった。

「色んな出会いが、今の俺を作ってくれてる」

刹那。

沢山の出逢いが脳裏を駆け巡った。

名前を忘れてしまったような人たちとの出会いの瞬間までもがフラッシュバックして、俺は思わずギュッと瞼を閉じる。

——熱い。

初めての感覚だった。

「けど、気付いたんだ」

目を開く。

彼女に全てを伝えるために。

「今の俺は、誰かに幸せにしてもらいたいんじゃない」

志乃原真由に視線を戻す。

ああ、やっぱり——

「俺が幸せにしたいんだ」


告げる。

真由の頬(ほお)が染まっていく。

真由への想(おも)いが言の葉となり、彼女の耳朶(じだ)へと届いてくれる。

いつも近くにいてくれた。

いつも笑ってくれていた。

一後輩という関係なんて、知り合って一月もせずに越えていた。

だからこそもう一段階深い関係を想像しづらく、自分の想いを言葉にするまでここまで時間を要してしまった。

だから、せめて。

今言え。

今紡げ。

俺の胸中にある気持ちを、言霊にして伝えろ。

背中がジンッと痛んだ。

押し出されるように、俺は大きく口を開ける。


「真由、好きだ。俺が真由を幸せにしたい。だから——俺と、付き合ってください」

——言い切った。


たった一息で放てる言葉に、数年分のエネルギーを込めていた気がする。

これが、人生二度目の告白だ。

緊張で自分の膝が笑うのを根気で抑える。

志乃原の足元に視線を落として、俺は答えを待つ。

今の志乃原は何を想っているのだろう。それは志乃原にしか分からない。

想いを告げた今の俺には、彼女の返事を待つことしかできない。

短い時間。

それが永遠にも似た時間に感じる。

やがて掠(かす)れた声が耳朶に響いた。


「……私で、いいんですか？」


思い切り頷(うなず)く。

絶対に齟齬(そご)なく伝えたい。

伝えるのが、大分遅れてしまったから。

絶対に齟齬なく伝えたい。

これを人生最後の告白にするのだから。


「真由じゃなきゃダメだ」

「私のこと好きなんですか？」

「好きだ」

「一緒にいてくれるんですか？」

「一緒にいさせてほしいんだ」

真由の瞳に涙が溢れた。

「どうして――私の欲しい言葉をくれるんですか？」

俺はフッと笑みを溢す。

「真由が大切だから。俺にとっての、特別だからだ」

志乃原真由が、目尻を下げる。

一歩近付き、立ち止まり、そしてまた一歩近付いてくる。

視線が交差して数秒。

志乃原真由が踵を上げる。

クリスマスツリーの下、二人の唇が重なった。

その瞬間——確かに世界が二人だけのものになった。
今の俺たちなら、どんな困難も乗り越えられる。
パイプオルガンの音色が響く。
此処が愛を誓うチャペルだというように。
この時間が永遠に続けというように。

エピローグ

真っ白な世界。

三色に輝く光彩で包まれて、優しく頬を撫でてくれる。

目を開けると、青い日の春だった。

……夢か。

未だに過去を夢に見る。

視線を巡らせると、小さな箱の中。

思い返せば、本当に狭い世界だった。

この世界が全てだった時期もある。

蓋を開けてもすぐに世界が広がる保証がないし、ずっと此処に留まりたいと何度願ったことだろう。

だけどいざ外の世界へ赴くと、毎度自分の世界に変化が及ぶのを感じるのだ。

小さな世界を広げていく過程こそ、人の道程。

世界に変化を覚える実感こそ、人の成長。

そして創り上げた世界を別の世界と交えるたびに、人の厚みは増していく。

最大限に世界が交わるもの——それこそが恋愛なのかもしれない。

一人一人に積み上げてきた世界がある。

そんな重厚な世界が絡み合って、上手くいくなんて奇跡に等しい。

ずっと交わり続けるなんて無理難題だと嘆く人もいるだろう。

だけど両者が同じ奇跡を求める間だけ、奇跡は織り成して光り続ける。

奇跡が続けば、世界が一つになる時だって来るかもしれない。

いや——一つにしていく過程こそ。

「いいんじゃん？」

「ええ!?」

俺は驚いたように腰を上げた。

お昼時から二時間ほど過ぎたファミレス。

四年来の友達である月見里那月は、こちらを見向きもせずにパソコンを凝視している。

「ねえ、どこが！　この原稿のどういったところがですか！」

「あー待ってね、今から言語化するから」

「言語化する前に〝いいんじゃん〟って言ったのか⁉　期待させないでくれよ！」

俺の言葉に那月は呆れたように視線を落とし、手元にあった原稿をトントンと叩いた。

「あんっのねぇ悠太さん、注文ばっかり言わないでくれる？　私はこう見えて、一端のエディター。自分なりのスタイルだってそろそろ確立してる訳。いくら君がライター目指してるからって、そうグイグイ来られたら出るものも出ないわよ」

「一端の編集者ならできると思っちゃった……」

「その通りなのです！　最近全然上手くいかない！　デモ練習やーめた！」

那月はトレードマークの丸眼鏡を外して、天井に向かって深い息を吐いた。

「途中から俺がクリエイター役ってこと忘れて普通に説教してたな……」

「顔見てたらどうしてもね」

「クソ失礼なこと言ってる自覚ある？」

社会人二年目。

無事に就職できた俺たちは、二月の三連休初日に久しぶりの再会。だというのに、お会計を人質にデモ打ち合わせを強要されていた。

出版社に就職した那月は打ち合わせが苦手らしく、その克服が急務らしい。

俺は手元にあった那月作の原稿を返し、溜息を吐く。

那月は天井を見上げてブーブー会社の愚痴を垂らしていたが、やがて思い出したように俺を見た。

「あれ、礼奈とか彩ちゃんっていつ駅前に来るんだっけ？」

「さっき着いたらしい」

「なんでそれ早く言わない⁉」

那月は背もたれから弾けるように立ち上がり、急いで財布を取り出す。

しかし時すでに遅し。

俺たちが座席を離れる前に、凛とした声が掛かった。

「あーいたいた、呑気に何してんのよ」

美濃彩華が呆れたような顔で近付いてくる。

社会人一年目の春はセミロングだった髪も、二年目の冬でロングヘアに戻っている。

やっぱり彩華はロングヘアがよく似合う。

超のつく大企業勤務、社会人二年目にして異例の昇給。

ボーナスも弾んだと噂の彩華さんは、俺と視線が合うと口元に弧を描く。

「あれ、悠太。なんか久しぶりな感じしない？　割とビデオ通話してるはずなのに」

「生で会うのは違うってことだろ。どうだ、生の羽瀬川悠太は」

「えーうざ」

「酷い！」

相変わらずのノリを愉しみながら、俺は大袈裟な挙動をしてみせる。

彩華もかつてと変わらない笑い声で、面白そうに相好を崩す。

すると、彩華の後ろから耳馴染みのいい声がした。

「悠太くん、真由もうすぐ着くって」

アッシュグレー髪の女性。

社会人になった今では、こんな髪色は中々お目にかかれない。

ついこの間までは黒髪だったのに、随分久しぶりの髪色だ。

俺はアッシュグレー髪の彼女に声を掛ける。

「礼奈、髪色戻したんだな。二度とその色見れないと思ってたわ」

「ふふ」

礼奈は嬉しそうに微笑み、華奢な指で髪をサラッと梳いてみせた。

「懐かしいでしょ。ミスコンの時の写真を上司に見られちゃってね、広告写真のために戻してほしいって言われたんだ」

「へえ……懐かしいな。あの時のミスコンの宣材写真、まだ皆んなの分取ってるわ」

「あの時のミスコン盛り上がったもんねぇ」

礼奈はクスクス笑う。

彼女は有名ファッション会社の広告担当。

最近になってまたよく喋るようになったが、時折かつての日々を思い出して懐かしくなる。

今では真由や彩華とプライベートで三人で遊ぶ仲らしく、俺としては三人でどんな話をしているのか気が気じゃなかったりもした。

「ほら、早く行くわよ」

彩華の急かす言葉に、那月が慌てたようにパソコンや偽原稿をトートバッグに収納する。

ファミレスを出ると、冬の空に白い息が立ち昇った。

社会人二年目の冬、ようやく目まぐるしい生活にも馴染んできた。

学生時代とのギャップは未だに感じる時もあるが、かつて恐れていたほどの生活ではない。

それにもかかわらず学生時代の何倍も辛い時間が増えたから、道行く社会人を今では全員尊敬してしまう。

今日は休日で、この休日も社会人に支えられている。

辺りにスーツ姿の人は見当たらなかったが、社会人は何となく見ただけで分かる。

私服姿でも社会人は面構えが違うと感じることがあるのだ。

その理由を分かった時、社会人としてまた一皮剝けるような気がしている。

周囲の光景に視線を巡らせながら、俺は彩華に話しかけた。

「そういや今日〝Green〟と〝start〟の同窓会、フロア貸し切ってるんだろ？　相変わらずやること派手だな」

彩華は「まあね」と和やかに笑った。

「社会人だからこそできることとした方が、働き甲斐もあるでしょ？　学生時代の費用と変わらないように、ＯＢの人には交渉しておいたしさ」

「そういうとこも変わらず頼もしいわ」

そう言うと、彩華は頬(ほお)を緩めた。

「ありがと。でもまだ、主役が登場してないでしょ」

同窓会が始まるまでまだ二時間以上ある。

今から一足先に最寄駅へ集合して、カフェで語らう予定だった。

待ち人は〝主役〟のあと一人。

人気モデルとして名を馳(は)せ、ドラマへのキャスティングが決まったことから最近できたニックネームだった。

彼女の活躍を間近で見ていると、自分の生活とのギャップを感じずにはいられない。俺にとって、彼女は相変わらず眩しい存在だ。

最寄駅へ赴くと、今度は彩華が話しかけてきた。

「あんたの調子はどう?」

「んー、俺は最近スランプかも」

「仕事?」

「まあな。頑張って就活した割にこの仕事でいいのかとか考えちゃうし、部署異動願い出そうかなーとか、転職とかも考えちまう」

社会人になると、人生を左右させるタイミングを自分で決める機会が増える。いや、自分で決めなければならない。

だからこそ考える時間が長くなるのだが、こういう時の相談相手はいつも彩華だ。

彩華も嫌な顔ひとつせずに答えてくれるので、つい胸中を吐露してしまう。

「あんまり無責任なことは言えないけど……異動届けとか転職考えてるなら自分が何に向いてるかで決めてみたら？」

「向いてる、かあ」

「そう。あんた高校の時、日本史が得意で英語が苦手だったでしょ。でも英語の方が配点高いから、英語にかける時間が多かったわよね」

「さすがよく覚えてるな」

「結果、日本史の点数が下がったと」

「そこまでは思い出さなくていい！」

俺は唯一の得意科目が本番でショックを受けたのを思い出す。

彩華は口元を緩めて、言葉を続けた。

「受験だから良いんだけど、社会は違う。いくら需要が多い分野でも、平均のちょっと上よりスペシャリストになった方が重宝されるの。自分の得意分野で勝負するのが、結局一番結果が出るってこと」

俺は立ち止まって、彩華に向き直った。

「彩華様……！」

「触んな変態！」

「触ってないですけど⁉」

「うん、予行演習。後で実行する」

「絶対やめろよ、シャレになってないから！」

「冗談よ」

「シャレになってねえっつってんだろ!!」

俺が抗議すると、彩華はこともなげに肩を竦める。

いつもの顔で、いつもの表情で言葉を紡ぐ。

「ま、そのあたりは真由が一番分かってるかもね」

「そうかなあ」

「きっとそうよ」

サロンモデルで地味に人気だったのが、ミスコンで口コミに広がり、今じゃ人気モデル。

そして今度はドラマへの抜擢だ。

随分差がついてしまったが、まだ追いつけるだろうか。

そう考えていると、約束場所の駅前に着いた。

立ち止まった途端、多くの視線を感じる。

よくよく考えてみたら、男一人に女性三人。

しかも三人とも系統の異なる美人ときた。

……なんか久しぶりだな、この感覚。

「あれ、まだ来てないじゃん」

那月の言葉に、礼奈がこちらに視線を向けた。

「悠太くん、何か聞いてる？」

「いや……全然聞いてない。まずいな」

腕時計には十四時五十分と示されている。

カフェの予約時間まであと十分しかない。

このままじゃ俺の監督責任を問われかねない。

彩華が何か言いたげに視線を向けてきた。

彼女に電話をしようと思った、その時だった。

「あっ来た」

礼奈がポロッと言葉を紡ぐ。

そして俺が反応する前に――

「せんぱ――い‼」

胸に大きな衝撃。

そして胸に飛び込んだ後輩が、満面の笑みでこちらを見上げる。

「おいっ人目があるところでやめろ！」

「えへへへー、久しぶりの先輩の匂いぃ」

志乃原(しのはら)真由。

俺の後輩。

俺の——恋人。

小悪魔な後輩は、未だ変わらず俺に懐いてくれている。

「彩華さんもお元気そう！」

「まあね。真由の活躍見てるからかな」

彩華の返事に、真由は嬉しそうにはにかんだ。

そして真由は俺から離れ、礼奈と那月に挨拶しにいく。

飛び込まれた胸が温かい。

この感情は、間違いなく。

真由が三人で話し込む光景を眺める。

不意に、彩華が俺を呼びかけた。

「悠太」

「ん？」

彩華は髪を耳にかけながら、俺に訊く。

「今、幸せ？」

「……ああ。幸せだ」

風が吹く。

言の葉に想いを乗せて、真っ青な空へ飛んでいく。

服の裾が、ほんの少し握られた。

あとがき

本作を手に取っていただき、誠にありがとうございます。

ご無沙汰しております、御宮（おみや）ゆうです。カノうわシリーズ、いかがでしたでしょうか。

この第八巻がシリーズ本編最終巻。皆様の熱い応援のお陰で、無事に物語を締め括（くく）ることができました。この結末は一巻の執筆当初から構想しておりましたが、いざ書いてみると最中は葛藤の嵐。全く違うプロットを作ってみたり、複数のプロットを組み合わせてみたり……気付けば、刊行まで過去最長の時間を要してしまいました。

お待ちいただいた皆様には申し訳ございません。

カノうわはＷｅｂ版二話目時点では美濃彩華（みのあやか）が男友達キャラだったりと、幾度となく大きな修正が入った作品です。最後まで沢山の修正がありましたが、最後の最後はキャラが勝手に動きました。登場人物たちが納得できる結末を選んでくれたのなら嬉（うれ）しいですが、此処（ここ）から彼らはどんな人生を送るのか……。

「何となくこうなるだろうな」というのはありますが、そこはアフターストーリーを書けることになれば書きたいと思います。カノうわの世界を紡げて本当に幸せでした……！

ここからは謝辞になります。

担当編集Ｋ様。カノうわ第一巻が私のデビュー作、ここまでやってこられたのもＫ様のお陰です。本当にお世話になりました！　またＫ様と一緒に新しい作品を制作したいです……次は高校生モノでしょうか。これからもよろしくお願いします。

イラストレーターのえーる様。一巻から沢山のイラストでキャラに命を吹き込んでくださり、本当にありがとうございました。えーる様のイラストを見て執筆のモチベを上げる日々。これからも沢山お世話になると思います。

そして最後に読者の皆様。シリーズ最終巻までの応援、本当に本当にありがとうございました。作品を構想通り終えられる幸運さは身にしみて理解しております。皆様には感謝の言葉しかございません。登場人物たちが物語から無事に羽ばたいてくれたのも、皆様の支えがあってこそでございます。重ねて御礼申し上げます。

カノうわ本編はここで終わってしまいますが、アフターストーリーかIFストーリーを構想中です。少し時間は掛かると思いますが、楽しみにお待ちいただけたらと思います。

そして漫画版はまだまだ続きます。漫画は原作二巻の内容に入り、私自身も彩華過去編をめちゃくちゃ楽しみにしています。あのエピソードがどう描かれるのか……皆んなで盛り上がりましょう！

それでは、失礼致します。

次にお会いできるのは、もしかしたら本編のアフターストーリーでしょうか。それともIFストーリーでしょうか。それとも……全くの別作品でしょうか。

いずれにせよ、またどこかのあとがきでお会いできたら作者は大変嬉しく思います。

……最後のあとがき、上手く書けたかな。

御宮　ゆう

カノジョに浮気されていた俺が、小悪魔な後輩に懐かれています8

著　御宮ゆう

角川スニーカー文庫　23709
2023年11月1日　初版発行

発行者　山下直久
発　行　株式会社KADOKAWA
〒102-8177 東京都千代田区富士見2-13-3
電話　0570-002-301（ナビダイヤル）

印刷所　株式会社暁印刷
製本所　本間製本株式会社

◇◇◇

Printed in Japan　ISBN 978-4-04-113733-8　C0193

★ご意見、ご感想をお送りください★
〒102-8177 東京都千代田区富士見 2-13-3
株式会社KADOKAWA　角川スニーカー文庫編集部気付
「御宮ゆう」先生「えーる」先生

角川文庫発刊に際して

角川源義

第二次世界大戦の敗北は、軍事力の敗北であった以上に、私たちの若い文化力の敗退であった。私たちの文化が戦争に対して如何に無力であり、単なるあだ花に過ぎなかったかを、私たちは身を以て体験し痛感した。西洋近代文化の摂取にとって、明治以後八十年の歳月は決して短かすぎたとは言えない。にもかかわらず、近代文化の伝統を確立し、自由な批判と柔軟な良識に富む文化層として自らを形成することに私たちは失敗して来た。そしてこれは、各層への文化の普及滲透を任務とする出版人の責任でもあった。

一九四五年以来、私たちは再び振出しに戻り、第一歩から踏み出すことを余儀なくされた。これは大きな不幸ではあるが、反面、これまでの混沌・未熟・歪曲の中にあった我が国の文化に秩序と確たる基礎を齎らすためには絶好の機会でもある。角川書店は、このような祖国の文化的危機にあたり、微力をも顧みず再建の礎石たるべき抱負と決意とをもって出発したが、ここに創立以来の念願を果すべく角川文庫を発刊する。これまで刊行されたあらゆる全集叢書文庫類の長所と短所とを検討し、古今東西の不朽の典籍を、良心的編集のもとに、廉価に、そして書架にふさわしい美本として、多くのひとびとに提供しようとする。しかし私たちは徒らに百科全書的な知識のジレッタントを作ることを目的とせず、あくまで祖国の文化に秩序と再建への道を示し、この文庫を角川書店の栄ある事業として、今後永久に継続発展せしめ、学芸と教養との殿堂として大成せんことを期したい。多くの読書子の愛情ある忠言と支持とによって、この希望と抱負とを完遂せしめられんことを願う。

一九四九年五月三日